只要我能跑，没什么不能解决

それからの僕にはマラソンがあった

湖南文艺出版社
HUNAN LITERATURE AND ART PUBLISHING HOUSE

博集天卷
CS-BOOKY

[日] 松浦弥太郎 —— 著　涂纹凰 —— 译

それからの僕にはマラソンがあった

目录

前言

只要我能跑，
没什么不能解决

第一章

从三百米到三千米

016　开始跑步的原因

019　舒爽的疲倦感

021　每天跑步

023　目标三千米

025　克服懒惰

027　成长需要累积

029　持续就是力量

032　成果是无法直接看见的

034　一段能够了解自己的时间

036　用去咖啡店喝杯咖啡的感觉跑步

038　失败才能从中学习

040　第一次受伤

042　欲速则不达……

045　还有很多事情要学习

047　跑步的齿轮

050　正确的选鞋与穿鞋方法

053　诚实的人

056　失败会成为日后的宝贵经验

059　彻底面对

061　变成跑者体形之后才发现的事

063　不害怕改变自己

066　想象三年后的自己

068　何谓学习

070　如果太累，放弃也无所谓

第二章

以四十五分钟跑七千米的速度
每周跑三次

074　重启练习

076　自己学习拉筋

078　重点在于正确的姿势

080　了解自己能力的极限

083　不要缩短完跑时间

085　第二次受伤

087 发现"体干"的重要

089 何谓体干

091 锻炼腹肌是最重要的训练

093 为了寻找正确的答案

095 跑步就是测试自己最好的方法

097 跑步塑造了我的生活方式

100 三年的时间

102 随时关注自己的目标非常重要

104 挑战

对谈

无论如何我都不想失去跑步的自由!
西本武司 × 松浦弥太郎

108 开始跑步的契机

113 只要能跑步,大部分的事情都能解决

119 全程马拉松里的故事

124 正确的穿鞋方法

126 状况不佳时停下来的方法

128 制作一份国外的跑步指南吧!

131　自己能跑十千米就会产生安全感

134　要有一条优秀的练跑路线

136　享受世界田径锦标赛的方法

139　跑步的相关活动

142　跑步会改变生活

145　身体出问题的时候该怎么办?

148　跑步的自由

第三章

保持五分四十五秒
跑完一千米的速度

152　养成一整天的规律生活

155　该怎么吃

158　我的健康管理方式

161　让足部保持柔软

163　厌倦跑步

165　做到八成之后该怎么办?

167　找到"美感"

169　为了更上一层楼而发现的事情

172　跑出美感需要什么

175　真正的质量

177　做好准备

180　跑出美感的理想距离与时间

182　什么是崭新的跑步形态

184　不要被老旧的既定观念束缚

188　借由跑步恢复活力

191　参加马拉松大赛

194　为了跑马拉松而设定的基准

196　不要勉强跑步

198　与年龄增长共存

200　永不放弃进取心

203　健康就是财富

206　美感蕴含在所有事物之中

それからの僕にはマラソンがあった

前 言

只要我能跑，
没什么不能解决

　　大概是我就任《生活手帖》总编辑前三年的时候吧，当时我还没有丰富的编辑杂志的经验，每天都埋头专注于这份第一次接触的工作。话虽如此，成果和努力却并未成正比，导致我持续陷入以前未曾体会过的艰辛。工作一直不如所愿，再加上人际关系也因为各种缘由而变得很紧绷，导致我的身体和心灵几乎无法负荷。

　　我想应该是因为当时背负太多沉重的责任了。公司为了让杂志焕然一新、提升销售册数才找我当总编辑，所以我不能沿用《生活手帖》编辑部过去的方针和做法，必须采用没有人尝试过的方法交出成果才行，我认为这就是自己的使命。我必须改变一切——把既有的东西全部丢到一边，每天都要发明新方法。那段时间我就这样在痛苦挣扎中过日子。然而，就算找到新方法也未必能成功。若一直迟迟无法达到目标、没有成效，就只能尝试其他风险更高的方法。万一这样也没有效果，我料想公司就会无法经营下去，当时这对我而言是很大的压力。实际上，我肩上背负着约三十名员工的生计。

　　若要以每个人都能看见的形式呈现努力的成果，就得付出相应的时间。只努力短短三年，当然看不见什么好成效。然而，人如果看不到肉眼可见的成效，就会对自己做的事情感到迷惘。当你不知道自己到底要努力到什么时候才可以有成效时，往往会迷失方向。尽管如此，我还是不甘示弱，所以只能继续硬撑下去。因为我无法拜托其他人来做我的工作。

我总是到处磕磕碰碰，但又不得不前进。我冲撞的对象有时候是人、有时候是工作或者是时代，甚至是文化。只要稍微前进一点，就会在很多地方产生摩擦，无法笔直前进，这就是我当时的状态。

毕竟我还是活生生的人，所以身心因此陷入千疮百孔的状态。我本来认为自己还可以撑下去，但是周遭的人大概觉得我看起来非常疲惫吧！

疲劳累积之后，刚开始会出现习惯性的睡眠障碍。因为已经很累了，所以回到家通常倒头就睡。但是，过了一个小时我还醒着。只要中途起身，清醒之后就再也无法入睡——这种状况一直持续。如此一来，身体无法消除疲劳、心情也无法放松，而我又不能因此休假。总编辑这种工作，必须一天二十四小时、一年三百六十五天不间断地思考书籍和杂志的事。就算放假在家，也总是为了工作而动脑，不停寻找新的文本内容。总而言之，就是没有假日可言。持续在这样的状态下生活，我的体力明显不支，结果导致专注力下降，感觉身体状况一直在走下坡路。最后，竟然长了带状疱疹。

　　长带状疱疹时我就已经有感觉，这是身体健康亮黄灯的信号。但是，我也不可能因为长带状疱疹就休假。我知道就算请假，自己也无法恢复活力，既然如此，就更不能休息了，睡不着又不能请假，我好像被追着跑似的不停工作。

　　我感觉到这样下去只会不断累积疲劳，之后不只身体，可能连精神都会崩溃。此时我第一次想："不能再这样放任不管了！"因此，我去精神科挂号。去医院就诊之后，医生马上就给我开了药。我回到家，因为实在是不想吃药，所以把药放在手里端详。如果按照医生的建议服药，那天我应该可以睡得很熟。但是，我的疲劳仍然无法消除。因为不想吃药，所以开始模模糊糊地想着："那我到底该怎么办呢？"

"或许做一些可以忘记工作、稍微脱离现实、能消除压力的事情会比较好。可是，要做什么好呢？"正当我在想这些事情的时候，脑海中突然闪过一个念头："去跑个步吧！"

当时，刚好是我四十三岁那年的冬天。

松浦弥太郎

それからの僕にはマラソンがあった

第一章

从三百米到三千米

所有事物的点和点之间，都需要持续才能连成一条线。事情不是做一次就结束，而是必须不断创造下一次，一点一滴持续才会有成果。

开始

跑步的原因

因为"去跑个步吧"这个突然想到的念头，当天我抱着姑且一试的心情，开始了在冲动之下的第一次跑步。比起先做暖身运动、学习跑步方法之类的事情，我选择不管那么多，先用自己的方式活动手脚试着跑步。我从家里出发，马上就抵达多摩川边，沿着堤防开始跑步。结果让我很惊讶，因为我几乎跑不动。差不多跑了三百米，我就难受得停下脚步。休息一下之后又开始跑，但还是很难受，所以再度停下脚步。这种程度根本不能说是跑步。

然而，我好久没有这样畅快地流汗了。

我心想："啊，活动身体流流汗——这么简单的事竟然被我忘记了！"除此之外，我也很惊讶自己的体力，竟然不支到这种程度。我本来是很喜欢运动的人，以前每天都会运动，所以才会觉得即便过了四十岁，仍然可以这样活动身体。因此，当我突然想到要去跑步的时候，便在没有翻书或杂志查询相关知识的情况下，毫不犹豫地贸然开始。

结果真是出乎我的意料。原本觉得轻而易举的"跑步"，竟然已经完全跑不动了。如果年纪再大一点，或许会觉得这也是无可奈何的事。但我当时才四十三岁啊！身体无法照自己的意思活动，说真的我很惊讶。虽然当下觉得"我的运动能力不应该是这样"，但不顾一切先跑再说，流了一身汗之后，觉得心情非常轻松。我的心情已经好久没有如此畅快了。

背负着庞大的压力，身心都发出悲鸣时，我也可以选择用医生开的药物治疗，重新调整自己的状况。然而，直觉告诉我，这样做无法根治。比起服药，跑步畅快多了，这大概也不是什么坏事，因此，我决定再持续跑一阵子。在没有和任何人商量、没有参考任何跑步教学书籍的状况下，我开始一个人走走跑跑的日子。

舒爽的

疲倦感

　　这种跑步方法，虽然说是"跑步"，但是和跑不动是一样的意思。这一点我也有自知之明。不过，我心想既然跑完感觉很好，那就跑到自己满意为止。

　　当时还没有跑到可以"跑步"的程度，顶多三十分钟跑三千米吧！不对，那也不是用跑的，而是跑一下、走一下，跑一下、走一下重复这个循环而已。这就是我一开始跑步的方式。尽管如此，对身心俱疲的我而言，可以有效调整心情。因为跑步让我在平常工作中减少苦闷，感受到有别于精神疲惫的舒爽疲倦感。

　　我当然不可能改变工作，虽然依旧忙碌，但就算加上跑步前后的准备时间也不到一个小时，因此我养成每天都去跑步的习惯。因为感觉这段时光对我来说不可或缺，所以会尽量挤出一大早或晚上的时间去跑步。

每天跑步

以第一次跑步那天的状况来看，我从完全跑不动的状态开始，每天坚持跑下去，体力就渐渐变好了。刚开始跑三百米就已经精疲力竭，后来可以中间不停顿跑五百米，甚至能跑一千米。持续跑步之后，能跑的距离也渐渐拉长。流一身汗真的很舒服，不过跑步还是很累，真的很痛苦。不但跑步时很喘，跑完还会肌肉酸痛。

如果有人问："这样跑很开心吗？"我只能说不觉得开心，但是我知道即便如此也不能阻止自己想跑步

それからの僕にはマラソンがあった

的本能。因为我知道对当时的我而言必须跑步，如果不持续跑下去就无法彻底解决问题。我发现自己的身体发出了这样的信号，所以遵照身体的指令，每天都会去跑步。

当然，跑步的方法各有不同。我大概花了一个月的时间，才能用一般的速度，毫不勉强地跑完一千米。在我能连续跑完一千米之前的那一个月，无论是雨天还是工作很累的日子，我都坚持每天跑步。

因为对当时的我而言，必须跑下去。

目标三千米

在不勉强的状态下能跑完一千米之后，我以三千米为目标拉长跑步距离。和之前一样，每天持续跑步，大概二个月之后就能跑三千米了。

能跑三千米的时候，我非常开心。比当初连续跑完一千米的时候更有成就感和充实感。而且，也让我产生可以跑完这么长距离的自信。

我跑步的路线是固定的。在相同的路线跑步，就能知道自己大概会在什么地方想停下来。也就是说，路线上会出现"到这附近就开始觉得难受"的定点。

　　然而，从某天开始，经过平常的定点也可以面不改色地继续跑，觉得难受的时间点也往后延了。我之所以能在不勉强的状态下跑完三千米，就是像这样一点一滴慢慢延后"觉得难受的定点"。今天比昨天延后一点，重复好几次之后，不知不觉就能跑完三千米了。

克服懒惰

就算心里知道"跑步"是自己的必需品，但每次出门我其实都会觉得很懒。我也知道只要走出家门，迈开步伐去跑就好，而且跑完之后会有舒畅的疲倦感。即便如此，换衣服的时候我还是会觉得"好麻烦"。

无论跑得再快、再久，这种懒惰的心理还是会出现。其实这种懒惰的心理，不只跑步会出现，也会在工作、生活习惯等任何场合冒出来。譬如投入某个新事物或者必须出门时，那种明知道不得不做，却很想拖延或者偷懒的感觉，各位应该都能想象吧！

　　我也绝对不是开始做一件事就会顺顺利利的人。如果没有提起勇气或者喊声"振奋精神"，我也经常迈不出第一步。懒惰的心理虽然麻烦，但也很正常。正因为如此，才要甩开这份懒惰，坚持自己想做的事。也就是说，必须刻意努力才行。

　　只要自己每天都能踏出一步，或许对其他事情感到懒惰时，就会稍微坚强一点。我告诉自己"麻烦事到处都有"，就把每天跑步当成习惯吧！将来这也会成为自己内心的某种力量。或许也可以把跑步想象成洗澡，洗澡虽然很麻烦，但是洗完之后就会觉得"啊，太好了！真清爽！"。告诉自己跑步就像洗澡一样，或许就会比较有勇气迈开步伐。

　　只要知道跑完一定会很庆幸自己的决定，就不会败给懒惰，能够迈出那一步了。工作也一样，因为当初咬牙决定开始，所以今天才会有一些进展，真是太好了，想到这里，就会觉得很开心。

成长

需要累积

这段时间，我通过"跑步"还了解了另一件事。那就是日日（每天或者隔两三天也无所谓）累积自己持续做的事情，总有一天会出现某种成果。这个成果可能是手感、实际感受等主观的感觉，也可能是由数据呈现的客观信息。不只跑步，每天的饮食、琐碎的工作、人际关系，持续下去都很重要。所有事物的点和点之间，都需要持续才能连成一条线。事情不是做一次就结束，而是必须不断创造下一次，一点一滴持续才会有成果。

　　无论是工作、人际关系、生活中的琐事，意外地有很多事情都会突然中断然后结束。中断虽然和完全没做过不一样，但是也不会和其他事情联结，更不会累积。因此，最后并不会得到任何成果。只会停留在自己曾经做过这件事的自我满足而已。如果想要获得成果，就应该要了解事物会随时间加深关系、广度和联结度。只做一次的事情，就某种层面来说非常简单。因为没有累积就不会有成果，所以这段经验只会随着时间流逝而消失。拼命努力去做的事就这样消失，实在很可惜。尽管了解这一点，要坚持做一件事还是很困难。

　　当我发现这一点之后，心里便产生一种"啊，原来是这样"的认同感。不仅是"跑步"，所有事情都必须一点一滴累积才行。原来坚持不懈很重要啊！

持续

就是力量

在网络发达的现代，到处都是没有经过累积的工作。所有信息都是在时间轴上闪过，在这种情况下，就算有各种企划、尝试开始新事业，也几乎都是画上一个点就结束，很少有连成线的情况。我认为这个时代很难让自己做的事情，随时间一起累积，产生让大众能看见的成果。

然而，在这样的情况下仍有不停滞在单点作业而是绵延成线、长久累积的公司和事业。只要仔细观察这些公司和事业所做的事，就一定会发现他们都是以上次的成功孕育下一个成功，一点一滴渐渐成长。我想这就是我们必须以线性思考事物才能成功的证据。

当时，我每天都去跑步。因为事情不能在单点结束，而是要连成一条线，所以我认为只要休息一天，一切就得从零开始。这种想法或许有点过于极端，但好不容易坚持两个月不间断地跑步，只要休息一天，这些累积的努力都会白费，我当时觉得一定会变成这样。

是不是觉得我的想法太过偏激了？可我不这么认为。养成每天的习惯之后，就应该要持续这个习惯才对。因为持续就是力量。跑步也一样。就算不是每天，隔一天两天也无所谓，养成持续跑步的习惯，规律的跑步一定有好处。

人类的身体非常有趣，休息一天之后，隔天再开始就会觉得更累。只要暂停持续的事情，马上就会回到原样——这是事实。而且，要再回到过去堆砌好的地方会非常花时间。虽然不需要折磨自己，但是有时候还是要稍微忍耐，挑战持续培养习惯，才能有所收获。总之，在我开始跑步之后，再度感受到无法持续就看不见成果的事实。

それからの僕にはマラソンがあった

成果是无法

直接看见的

　　跑步可以训练自我，也有助于了解自己。我并不
是意志力特别坚定的人，但是通过跑步的习惯，我能
面对自己的强项和弱点。虽然现在这个时代很多人都
尽量不刻意培养习惯，但是我认为光是养成跑步的习
惯，就可以从中学习到不少事情。至少，增加一种习
惯，就会多一个面对自我的机会。

　　虽说可以增加学习的机会，但也并不是每天都能
察觉。人会以今天比昨天好、明天比今天更好的形式，

一点一点地成长。虽然这种成长肉眼很难看清楚，但是心里应该会有"和一年前的自己有些不同"这种感觉才对。我无法明确说出变得比较不容易生气、性格变得比较平稳等肉眼可见的具体改变，但开始跑步前的我和现在的我一定有所不同。

大部分的人都不是马拉松选手，所以当然不会整天都在跑步，而是一边读书、工作、做家事，一边维持生活。这些事情会互相作用，让人有所发现并学习。那就是成长。我认为跑步也是促使成长的元素之一，但也只是成长的其中一种元素而已。

将跑步加入自己的生活之中，也会和读书、工作、做家事一样累积，并且与其他事情产生化学反应，为自己带来和缓而丰富的心灵成长。

一段能够了解
自己的时间

换好衣服、穿上跑鞋、出门。简单拉拉筋，慢慢开始跑。接下来就是属于自己的时间。

虽然有点离题，不过我认为人们意外地没什么属于自己的时间。在公司有同事、回家有家人，大部分的时间都会和其他人在一起。然而，跑步的时间不会和任何人在一起，是自己专属的时间。而且这段时间会集中在跑步上，所以能忘记现实中的各种琐事。

开始跑一段时间之后就会进入无我之境，对我而言，那是某种心灵归属。

　　"一个人独处"对我来说是件好事。我认为"独处"是某种精神上的课程。这段时间可以慢慢面对自己、了解自己。针对这一点，请容我在后文详细描述。

用去咖啡店

喝杯咖啡的感觉跑步

马拉松、慢跑、跑步……称呼有很多种，但是刚开始跑步的人大多是为了"锻炼身体""缩短完跑时间""想参加大赛"，有时候是为了"减肥""变健康"，大家都会有某种目标。为了达成这个目标，就必须拿出"斗志"努力。"跑步"不能缺少达成目标的义务与努力，所以觉得痛苦是理所当然的——应该有很多人都是这么想的吧？简而言之，这种想法其实源自体育派的艰苦训练。

然而，我却觉得很奇怪。

如果当初我也看书、听别人讲，学会该怎么练习、该怎么跑步等预备知识之后才开始跑步，大概也不会对"体育派跑法"有什么抗拒感。或许也会因为重重努力、在忍受痛苦达成目标之后，找到跑步的意义。甚至认为"没有斗志怎么能跑步！"不知道是幸还是不幸，当初出于冲动开始跑步，让我觉得很舒服所以能持续下去。因为这样轻松的开始，我才能不必理会斗志和努力，单纯享受跑步这件事。

完跑时间和距离、体重增减这些事我一概不在意。我想应该是因为体会到"舒畅""可以恢复活力"的快感，所以我才能长久持续跑步。假日前往有美味咖啡和舒适空间的咖啡店，在里头悠哉度过一段时间，感觉就能恢复活力对吧！对我而言，跑步也是这样可以让我转换心情的一种方法。

失败

才能从中学习

当我可以一口气跑完三千米时，我才把鞋子和衣服换成跑步专用的运动用品。虽说是跑步用的跑鞋和衣服，但我也不知道该选什么才好。我总是一个人跑步，周围无人可问，于是我便凭感觉乱选。

说实话，当时没有一样东西是买完之后我觉得满意的。不过，我觉得那样也没关系。光凭直觉购物，买不到好东西也是正常的。对跑步一无所知的我，买到的东西绝对不可能满分。

　　然而，我在重复"买错了"的失败中，渐渐了解自己需要什么。亲自到运动用品店，浏览众多商品，思考"这个应该可以"之后才买，但是使用之后发现完全不行。我一直在重复循环这些。但是，我现在终于了解这些经历的重要性了。

　　"哎呀，我竟然花钱买这种东西……"失败之后才会在这里学到东西。如果没有失败的经历，就什么都学不到了。这绝对不会白费功夫。为了不失败而做调查，买到最好的东西，这样做或许很聪明，但是没有经历过失败这一点却很可惜。因为这样就没有机会学习了。

　　虽然我挑选跑鞋和衣服都曾失败，真的很惨，但是我也因此在实践中获得了很多经验。

第一次受伤

大概在我出于冲动开始跑步的一年后，我第一次感觉自己在"跑步"的时候，身体感到了一些不适。某天，脚踝内侧痛了起来，但是我不想暂停跑步，所以便继续跑下去，受伤的地方并没有因为习惯而减轻痛楚，反而变得更严重，最后甚至得拖着腿走路。

我去医院检查，医生诊断是"外侧楔骨引起疼痛"。据说是运动的人经常发生的损伤，这是足部内侧凸出的小块骨骼发炎所引发的病症。之所以会发炎，不只是因为运动，还有很多其他因素。以我来说，就是跑步姿势错误而引发的症状。

因为我抱着下定决心去跑就好的心态，所以跑步姿势很随兴，跑鞋其实也不合脚。我根本就不知道原来有所谓的"正确姿势"。在这样的状态下跑一千米、三千米，而且还每天跑，其实并不是好事。持续一年之后，对足部造成负担，最后会受伤也只能说是理所当然的结果。

在治疗脚伤那大约一个半月的时间都没办法跑步。之前每天都跑，突然休息一个半月，让我非常失落。因为我觉得之前培养的体力和跑步的感觉，全都回到跑步之前了。

欲速

则不达……

　　这种时候，人就会开始思考："为什么会受伤呢？"
"自己明明没有做错什么啊！"然而，无论何时，人都
不会觉得"问题出在自己身上"。跑步受伤也一样。如
果是工作或生活上的问题，多少可以把责任推给别人，
但是跑步这件事和自己以外的人一点关系也没有，所
以责任都在自己身上。

　　"为什么会受伤？"我必须好好面对这件事并仔细
思考才行。当时，我也是第一次回顾过去，审视问题

的根源。到底哪里做错了呢?

　　说来感觉很矛盾，不过第一点就是错在每天跑步。虽然自己心里觉得不得不跑，但这种行为只是单纯在勉强我的腿而已。像我这样的初级跑者，最好间隔两三天跑一次步。因为尝到苦头，我才深刻了解这么做的道理。

　　第二点就是跑步姿势不正确。我用自己的方法跑，步伐一定很凌乱，也就是所谓的欧巴桑跑法。这种姿势根本称不上是"跑步"。没有学会正确姿势的人，乱跑一通就会变成这种姿势吧! 没有人教我这些知识，我没有机会改善自己错误的跑法，持续跑一阵子之后，身体就发生问题了。

　　第三点，初学者最好不要突然开始跑步，而是从走路开始练习。具体而言，健走三千米最佳，然后慢慢加快步伐，最后再开始跑，这才是对人体最好的跑步方式。

　　我是个急性子，想象力也很丰富，所以往往在开始做一件事情时会跳过很多流程。不过，我第一次认同，这种做法是行不通的。

　　除此之外，我还学到跑前要思考适合自己的路线、拉筋、重视起跑的重要性。在没有拉伸阿基里斯腱、放松手脚的状态下开始跑步，或者在身体尚未准备好的时候就突然加速，只会让身体承受不必要的负担，一个不小心甚至还会发生意外或伤害。

　　在工作上、生活中自己所做的事情也都是一样的道理。跳过本来必经的流程，贸然求得结果，当然会发生问题。开始一件事情时，事先了解该依照什么顺序去做、需要准备什么，经过审慎思考做足准备，我想大部分事情都可以顺利进行。虽然慎重准备仍然会发生很多令人困扰的问题，不过如果按照既定的流程去做，当然是最好的。

还有很多事情

要学习

虽然停跑约一个半月，不过停跑期间，我并没有发生睡眠障碍等问题。应该是当初被工作追着跑的那种心情，在不知不觉中完全消失了。

工作仍然很辛苦，但是我觉得心情变得比较轻松了。虽然因为跑步练习方法错误而受伤，但当初觉得自己应该去跑步的直觉却没有错。因为跑步，我对待工作与生活的扭曲态度有所改善。

另外，因为持续跑步出现成效，我获得了自信。

本来只能跑三百米的我，已经能跑三千米了。这是很
了不起的成果，对吧？总之，跑步让我亲眼见证自己
的变化，让我获得自信。

　　休息期间我阅读有关跑步的专业书籍、在网络上
浏览信息，学习"跑步"所需的知识。这段时间让我
彻底了解了目前为止的错误知识、先入为主的观念以
及自己的无知。总而言之，不能逞强。如果感觉痛，
就一定要停下来。然后从走路重新开始。充分休息、
脚已经好得差不多的时候，我也不再跑步了。因为我
决定要重新从走路开始。

　　因为外侧楔骨疼痛，我的跑步方式终于开始往正
确方向修正。

跑步的齿轮

　　现在市面上有很多价格亲民、质量优良的跑衣。就算不是运动用品店，像是优衣库等之类的成衣店也有不错的跑衣。衣服也不是贵的质量就比较好，而且我也不认为需要如此讲究功能性。我见过很多跑者，发现很了解自己的人通常都不太讲究跑衣。毕竟衣服是要经常丢进洗衣机的消耗品。只要是跑者依照自己的价值观选择的东西，我觉得什么衣服都无所谓。然而，鞋子就不一样了。挑选适合自己的尺寸并正确穿

それからの僕にはマラソンがあった

着非常重要。

　我想有很多跑者都没有选到适合自己的鞋子。大部分的人都会穿着尺寸过大的跑鞋，我自己刚开始也是这样。因为很多人就算在店面试穿过，也没有按照试穿的尺码买鞋，担心鞋码太合适可能以后会不舒服，买大一点的话至少还可以微调，大家的确都有这种奇怪的观念。如果按照自己的判断买鞋，往往都会选择偏大的尺寸。因为大家都觉得只要最后绑鞋带的时候绑紧一点就好。但这是错误观念。

　选鞋时一定要请店员拿适合自己的尺寸。这并不是什么私人订制的服务，无论是哪里的鞋店、运动用品店都会帮忙推荐适合客人脚型的鞋款，试穿后再决定是否购买即可。然而，穿鞋穿了几十年，自己难免会有"这样差不多刚好"的感觉。就算店员告诉你"这双不合脚！"，你还是会觉得"不，我觉得这样可以！"。而且，大家都不愿意改变这种想法。

　虽然有这种想法很正常，但还是以客观的眼光挑选适合自己脚型的鞋子比较好。这种时候就应该听店员的意见。绑鞋带的方式也一样，一般都是不要太紧也不要太松，这样感觉最舒服，但是这种做法未必正确。我跑步跑了九年，也是一直到最近才知道鞋带的正确绑法。

それからの僕にはマラソンがあった

正确的选鞋

与穿鞋方法

　　跑鞋要比自己平常穿的休闲鞋小两号才刚好。而且，鞋带不是绑紧就好，而是要有包裹足部的感觉，这一点非常重要。因为鞋子就是为包裹整个足部而存在。

　　穿鞋时，从距离鞋尖第三个孔开始拆鞋带，拆完之后再把脚掌深入鞋中，感觉像是包裹整个足部一样拉紧鞋带。每次穿鞋的时候，都把鞋带整个拆掉重绑最理想。将鞋带穿过鞋孔，配合脚型从两侧往内包裹整个足部。不是绑紧就好，而是拉起两侧的布料，将布料往中间拉合的感觉。

有人的穿法只有绑紧上方，中间或脚尖松垮，这其实是不太好的穿鞋方式。

另外，鞋底过厚导致缓冲性太好的鞋子，会因为回弹的力道加剧足部疲劳，我认为最好避免选择这种款式。鞋底虽然可以吸收足部的冲击，但是相对地就必须用更强的力道抬腿。穿着鞋底过厚的鞋子跑步，就像在脚踏垫上跑步一样，会剧烈消耗体力。因此，鞋底过厚的鞋子不适合长距离跑步。

话虽如此，考虑足部的冲击负荷，鞋底太薄也不好，所以最好多方尝试适合自己的鞋款。根据品牌不同，鞋底、足型都会不一样，一定要试穿看看，再选择最适合自己的款式。

对习惯跑步的人来说，鞋子是消耗品。因为鞋底会越磨越薄，所以我觉得不需要买太高级的产品。我自己也不讲究跑鞋，只会选择适合自己的款式。

それからの僕にはマラソンがあった

　　另外，我也不会一次买好几双鞋。要是整年都在柏
油路上跑步，鞋底就会被磨光，这时候再买新的替
换即可。

诚实的人

通常自己觉得好的方式，其实都不太正确，我想鞋子尺寸的挑选方法是一个很好的例子。

只要没有发生什么大问题，多数人都不会改变自己的想法，而且也不想改变。人们会说"我这样就好"，但实际上并不好。能坦率接受别人建议、总是认为"应该有更好的方法，是我自己想得太简单"的人，可以马上转换自己的做法和想法，我认为这非常重要。因为自己一个人的力量和经验有限，就算不断吸收新知想借此成长也仍有极限。

我已经跑了九年，这九年之间，通过跑步，我了解自己的见识有多浅薄。每次心想"我竟然连这种事都不知道、我怎么会这么蠢"的时候，能否倾听他人的意见、舍弃过去的自己从零开始，就是日后成功的关键。正因为大多数的人都认为用自己的方式工作、生活都没什么问题，不需要脱离正常轨道，所以很难从头彻底改变。

能坦率地反省、放弃以前累积的一切重新开始，有这种勇气的人一定可以更上一层楼。因为再度重新开始的勇气，会让自己的气度变得更宽广。坦率的心情会产生加速度。我年过五十，才深刻了解坦率的人会变得更坦率，而且这份坦率也会变成人类成长的重要动力。

那么，所谓的坦率究竟是什么呢？

让我们试着从不同角度来思考看看吧！譬如开始做一件事不难，但是持续做下去就不容易了。这是为什么呢？因为持续下去，需要的其实不是"毅力"，而是最低限度的"知识"或"智能"等自己的素养。我们必须重视这些素养，因为这些素养会让人变得坦率。

坦率的人会柔软地成长并渐渐改变自己的世界。我打从心里尊敬能自由跨越各种境界，在不同领域中前行的人，但是唯有心境坦率的人，才能有勇气拓展世界。

"跑步"是一种身体训练，但也是一种心灵课程，因为跑步非常需要坦率的心。

失败会成为
日后的宝贵经验

　　我本来就是因为心力交瘁、无法忍受才开始跑步，并不是为了增强体力而跑。增强体力是物理性的外部问题，然而我并非如此。对我而言，"跑步"和内心息息相关。为什么当初没有听从医生，使用药物治疗，而是选择跑步，还坚持"每天跑"呢？我想或许是本能要我训练自己心里看不见的部分，来修复精疲力竭的自己吧！如今，我完全能理解。

　　有人会说："既然要开始跑步，为什么不多调查一点？""跑之前先去问一下其他人不就好了？"但是我不想先去请教别人，而是想先自己尝试，然后彻底体验失败。失败绝对不是一件坏事。

失败的经验反而会变成珍贵的宝物。从未经历过失败的人生，我觉得很无聊。当然，我也是好胜心很强的人，所以也会对目标全力以赴。然而，我知道绝对不可能在从不失败的状况下获得成功。因为我相信失败过几次、越过重重难关，才能成为自己想要的样子。

这当然不是明知会失败还刻意犯错，而是我知道不害怕失败的重要性。我想要避免为了不失败而依赖某些事物的情形。如果太过执着不失败的方法，就会越来越害怕自己下判断，最后什么都做不了。事前多方查询，最后往往会觉得自己大概办不到。

那么不怕失败地开始尝试一件事，到底需要什么呢？虽然这因人而异，不过我认为刚开始可以在冲动下试着行动。先抱着光是靠冲动无法成事的自觉，同

それからの僕にはマラソンがあった

时重视这份冲动并尝试踏出下一步。当然，只要行动就多多少少会伴随失败。以这些失败为基础，就能看见更多不同的道路。我通过"跑步"更能感受这一点。

彻底面对

　　有人认为：早期发现不便之处或者缺点，尽早解决，就可以获得更多益处。当然，我有时也会这样想。不过，我不会在当下立刻排除不便之处或者缺点等负面的部分。我会试着不躲避，直接面对不便的地方。因为这样做，才能发现其中蕴含着各种值得学习的地方和灵感，我希望能够珍视这个部分。

　　想知道脏水有多脏，不把手伸进去就无从得知。这不但是了解事物的方法，还是深入了解一件事情的

それからの僕にはマラソンがあった

秘诀。实际上没有沾到水，却说"水很脏"的人，顶多就只有这点程度。想知道水有多脏，还是亲身体验最好。

持续做错事或累积负荷，人往往会筋疲力尽。最后身体就会出现故障，降低动力。跑步也一样。不试试看就不知道自己能学到、获得那么多东西。也就是说，我们必须面对跑步很辛苦、很累、很麻烦、很困难……这些负面的部分。

火很危险所以不能靠近，菜刀会割伤手指所以不能用，如果人都像这样逃避难得的经验，就永远不会成长。如同烫伤之后才知道火的危险性，手指被割伤才知道菜刀有多锐利。

变成跑者体形之后
才发现的事

其实，无论持续跑步多久，辛苦的程度都不会减轻。跑步很辛苦，这是不会改变的事实。然而，持续三年之后，辛苦的感觉消失了。跑步中喘气、疲累都是身体上的痛苦，而辛苦则是心理层面的问题。心理层面的辛苦，无论跑多久都不会消失。

身体上辛苦的感觉之所以消失，是因为身体产生改变。跑者的肌肉增长方式会改变，渐渐变成所谓的"跑者体形"。因为会练出背肌和腹肌，赘肉也会消失。

体态雕塑完成之后，在各种层面上"跑步"本身的意义也会改变。针对信息的搜集方式和跑步本身的想法也会产生变化。

譬如，能客观地观察其他人就是变化之一。我变得可以看着其他跑者，思考"为什么那个人可以这么舒畅、轻松地跑步呢？"或者"我那天跑步的方式和今天的跑步方式有什么不同呢？"等问题。而且，还会观察其他人的跑步方式，尝试各种不同跑法。我通过这种方法，发现"原来跑步时不发出声音，静静地在不出力的状态下跑最好"。

在街上跑步，就会看见很多跑者，其中有很多人的跑姿都很帅气。经常观察这些人，就会发现很多细节。譬如他背挺得很直、步伐很大、身体很放松等。因为和自己比较之后觉得很不一样，就会想要试试看。我尝试了各种跑法，想知道用其他方式跑会怎么样。也就是说，在我跑步的时候，总是一边观察别人一边学习。

不害怕

改变自己

　　从这个角度思考，所谓的"学习"就是指今天一整天发现多少自己觉得很棒、很感动的事情。因为当你发现一件让你觉得"啊，真好！"感到心动的事时，自己也会想变成那样。若没有一颗坦率的心，就无法做到这一点。而且如果一直盯着手机画面跑步，就算身边有让人觉得"真好"的事情，你大概也不会发现。

　　虽然我已经说过很多次，不过一切关键还是在于自己是否想改变。因为大家都很爱自己，所以不会轻

易改变。就算有人建议你"最好多改变一点"，但心里
难免还是会有抗拒，心想："我这样就过得很幸福了，
不改变也无所谓吧！""你就别管我了。"尤其是年纪越
大，累积的东西越多时，就更无法坦率面对自己。

　　然而，我认为借由想象自己仍然有成长空间、世
界上一定还有自己不知道的舒畅感与幸福感，就能接
受日常中细微的新发现。无法坦率面对自己、无法接
受新发现，或许都可以称为傲慢。以我的例子来说，
每天持续采用自己的跑法，最后导致受伤，这件事反
而成为改变自己的契机。

　　虽然因为这件事让我有了新发现，但是更重要的
是坦率接受新发现之后产生的变化。我想要继续改变
下去——这成为我生活的动力，也成为我美好人生的
基石。

　　"贯彻自己的意志"感觉是一种美学，但是现在的
我并不这么认为。我很在意周遭的事物，也想听听他
人的意见，想要持续改变自己。

　　我身边的人常常对我说："你和以前不一样了呢！"别人说这种话有时候可能不怀好意，但我不在乎。说这种话的人，只是因为觉得我不再是他们认识的我而感到可惜。但我仍然每天都想改变，因为我还想去看更多以前没见过的景色，所以就顾不得那么多了。

想象

三年后的自己

　　标榜"忍耐"和"毅力"的体育派跑法，和我每天实践的跑步完全不同，但是我认为我之所以能持续跑步数年，是因为我有自己的理想和梦想。能够长久持续跑步的人，我想应该都有自己的目标和理想。譬如说"想让身体变得健康""想变瘦""想跑得更快"等。

　　如果想实现这些理想，最好在自己改变之前，做好长时间奋战的心理准备。谁都想要马上看到成果，但事实上那是不可能的事。请用减肥来想象一下吧！如果一个月就减掉五公斤，身体一定会出问题。跑步也一样，最好长期规划。毕竟是困难的事情，当然要花时间去做。

任何事情都一样，短时间就能获得的东西，一定会马上失去。就算有人真的一个月瘦五公斤，也马上就会复胖。突然获得一大笔钱的人，往往会瞬间把这笔钱花光；脚踏实地慢慢存下来的钱，不会那么轻易减少。

刚开始不要太勉强，按照自己的步调朝目标一点一滴累积。总之，要先持续三年；反之，要是没撑过三年，就不大容易看到成果。工作也一样。应该说工作更是如此，若没有制订好中长期的计划通常难以成功。任何事情最少要累积半年才能看到成果。

如果是社会人士，就应该要彻底完成自己审慎思考后决定做的事。如果决定跑步，就要自己拟订计划，一步一脚印坚持下去。想象一年后、两年后、三年后的自己，用长远的眼光坚持做自己想做的事情。

何谓学习

　　所有事物皆可学习。能否发现值得学习之处，可
呈现出一个人是否坦率。焦躁、愤怒就是把错误推给
别人的证据。自己引起的事情，问题当然出在自己身
上。这种不受局限的坦率，会指引你接下来的道路。

　　周围的人看见你的坦率，一定会帮助你。只要相
信这一点，生活方式、工作、日常生活都会改变，最
后必定会有成果。这是我跑步九年以来才总结出来的
一点经验。

　　以我的例子来说，《生活手帖》是在第四年才开始

出现成果。那是我开始跑步,让跑步成为我生活中理所当然的一部分时发生的事。当初要是没有去跑步,大概也不会有今天的我了。所以跑步对我工作产生的影响可以说是意义深远。

　　跑步让我可以保持愉快的心情,虽然只是一点小事,但是对我有非常正面的影响。

如果太累，

放弃也无所谓

　　如果认同跑步对自己来说是必需品，而且能感受到跑步非常适合自己的话，自然而然就能持续下去。

　　然而，如果觉得太累、无法忍受，放弃也无所谓。完全不需要"因为已经决定了"就勉强自己去做。尝试除了跑步之外的事情，不也很好吗？世界上没有一件事情是轻松的。不过说真的，只要稍微努力一下就可以攻克难关。不只跑步，拉筋、健走……皆是如此。

　　我之所以能持续跑步，是因为年过五十之后，我还是希望今天比昨天更好一点，想以健康的身体保持能挑战一切的体力，所以跑步对我而言是必需品。因为我有梦想和希望，才能攻克难关。

梦想和希望不只能成为跑步的力量源泉，也能成为任何事情的动力。因为是自己需要的东西，所以不需要过度勉强，就能持续"感觉自己也能做到"的事情。

话虽如此，跑步并不需要花什么钱，也不需要和其他人一起跑。基本上，任何人都能跑，所以我觉得入门非常轻松。毕竟相较于高尔夫，跑步的难度低了很多。

それからの僕にはマラソンがあった

第二章

以四十五分钟跑七千米的速度
每周跑三次

　　所谓的挑战就是指想不想改变自己。为了改变，尝试各种不同的挑战。有时候也会失败。不过，那对自己而言也是必要的失败。毕竟，失败会带来下一次挑战的灵感。

重启练习

外侧楔骨疼痛痊愈之后，重新练习跑步时，我决定先从走三千米开始。大约有半年的时间，我都专心练习快走而非跑步。因为停跑一个半月，身体的感觉、肌肉、心肺功能都完全回到跑步之前的状态。一切必须从头开始，但是这次我下定决心要从基础开始扎扎实实锻炼身体。

虽然心里很想跑，但是必须忍耐。总之，要先以正确的姿势练习快走。我只专心贯彻这件事。实际上，无论从肌肉锻炼层面还是精神层面来看，运动专家也认为快走比跑步对身体更好。相较于跑步，快走的物理性负担比较小，所以锻炼身体的成效更大。

以正确的姿势快走，感觉比跑步简单很多，但尝试之后就会发现，其实比想象更难。注意不要让膝盖、脚踝、大腿根部或腰部出现多余的负担，研究手臂如何摆动、重心放在哪里才能更轻松地快走，实际操作之后就会发现这非常困难。

"我也想跑步""我也想开始慢跑"经常有人会向我寻求意见，我一概回答："无论再怎么想跑步，都要先从走路开始，否则会受伤。"

从零开始到现在，我经历健走、快走直到最后才跑步。除此之外应该做的事情，就只剩下仔细观察跑姿很美、跑法很帅气的人了。

自己

学习拉筋

跑步之前要先做坐位体前屈、拉伸阿基里斯腱的
运动，先松开身体之后再开始跑。跑完之后一定要彻
底全身拉筋。花三十分钟的时间，慢慢伸展全身。

我当然有自己的拉筋方式，不过也没有什么特别
之处。跑者之中有很多不同类型的人。无论体形消瘦
或肥胖、身体柔软或僵硬、习惯跑步或者是新手，有
效的拉筋方式都因人而异。这虽然是理所当然的事，
但也只能自己慢慢学习。模仿别人的拉筋方法毫无意

义。如同服装和跑鞋，拉筋最好也不要模仿别人，慢慢学习对自己最好的方式即可。

不懂的时候询问专家也很重要。网络上有很多跑者的经验或是有关跑步等信息可以参考。光是模仿别人，无法真正学习。"请问这是怎么做到的呢？""请问这是在哪里买的呢？"很多人会抱着这样轻松的态度问问题，但是这样根本学不到东西。请教别人的确实会成为学习的契机。然而，不可能凡事都让别人来教。毕竟什么最好，答案会因人而异。如果没有自己试着学习、多方尝试的心，就永远无法进步。

重点在于

正确的姿势

　　持续健走的时候，我深深感觉到"姿势的重要性"。然而，练习时无法客观地观察，自己的姿势是否正确。所以只能特别注意"手肘往后拉高""身体不要摇晃""姿势不要垮掉"等细节。

　　最重要的是必须先发现自己没有做好。然后每天学习、接受变化。

　　就这样开始健走一段时间之后，我发现和受伤之前相比，自己已经变得截然不同了。这些变化连我自己都很清楚。不仅体形产生变化，开始有肌肉，体重也减轻了。我想应该已经锻炼出前所未有、适合跑步的身体。而且，更棒的是我更能享受跑步的乐趣了。

重新开始跑步时，我非常讲究姿势，坚持从正确走路重启练习。最近请人帮我检查跑步姿势时，对方告诉我："松浦先生的跑步姿势已经不需要再做修正了。"这一点让我有点自豪呢。

了解自己

能力的极限

　　跑步姿势已经渐渐完成到一定的程度，接下来就会想快跑。因此，我便开始进入跑步练习。

　　我从三千米、五千米……渐渐拉长距离，并且反复测试以多少时间跑完一千米最好。为了了解自己的极限，我会尽全力跑到身体某个部位产生疼痛感为止。了解自己的极限非常重要，虽说我会跑到出现疼痛感为止，不过如果因此而无法继续跑步就得不偿失了，所以我会非常谨慎地跑。绝对不会逞强。抱着冷静的心情，用完跑时间来测试自己的体力和身体能力的极限。假设以某个速度跑八到九千米，腰就会开始痛，我便知道现在自己体力的极限就是以这个速度跑八千米。

测试出自己的极限值后，制订每天的跑步计划时就可以派上用场。也就是说，如果极限为八千米，那就每天跑五千米，但每天跑的话身体会吃不消，所以要间隔一天或两天，为了像这样找到对自己最好的练习方法，刚才的极限值就能成为指标。

我从受伤中复原后，采用跑到自己极限的方式，也就是四十五分钟跑完七千米，而且每周跑三次，对我而言，这是刚刚好的步调和频率。虽然有点辛苦，但是可以跑完而且不会太勉强。我以这个条件持续跑了三年。持续三年之后就可以在丝毫不感到痛苦、不勉强、零负担的状态下，以这个距离和速度跑完。如果每周跑三次，也不会影响平常的工作和生活，能够健康地跑下去。

　　跑步就这样和我的生活结合，我的心再也不曾感
到疲惫。而且我也发现过去曾经感受到的压力，已经
渐渐远离自己。大量流汗之后，新陈代谢也变好了。
除了时间和距离之外，像这样看到自己的身体变健康，
也是跑步的一大乐趣。

　　借由跑步维持身心健康，转变成适合跑步的身体，
使身心获得平衡，这不是一蹴而就的事。我再强调一
次，一点一滴持续，最少需要三年的时间。

不要缩短

完跑时间

每个人适合的距离、完跑时间以及跑步的频繁程度因人而异，以下介绍我自己的例子。

以我来说，事先定好以四十五分钟跑七千米、每周跑三次为条件持续跑步。这个速度比一般速度稍快。跑快一点的话就能自我满足，但其实不能这么做。因为我其实可以跑得更快，所以就会想冲快一点。就算知道自己的极限也定好计划，还是会在意完跑时间。五分钟、一分钟也好，任何人都会有想跑快一点的欲

それからの僕にはマラソンがあった

望。有欲望也可以说是成长的证据。

实际上我也曾试着把完跑时间缩短五分钟，以四十分钟的速度为基础跑步。然而，这五分钟不是这么简单就能缩短的。人往往都会认为缩短个五分钟应该还好，但事实上很难做到。四十五分钟跑七千米也是经过练习累积才能顺利完跑，想再往上提升就没那么简单了，因为难度会变得更高。

当我能够稳定完跑后，自然而然就会把目标定在跑得更快。快一分钟、一秒也好，不，我心里总想着一定要加快速度跑。

如此一来，当然会感到焦躁。当时，我就是沉浸在焦躁的情绪里。虽然现在已经能冷静看待，不过当时真的因为速度而迷失了自我。

因此，我的身体再度出现了问题，跑步生涯的第二次运动伤害，这次伤到腰部。

第二次受伤

因为第一次受伤时我已经吃了苦头，所以非常小心保护身体，尽量避免受伤。受伤就无法跑步，我比任何人都更清楚这份痛苦。虽然我很小心维持身体状况，但是等自己的身体渐渐练成某种程度的跑者体形之后，不知不觉中就变得太过自信。认为"我已经不是以前的自己了"。

认为我不再是以前的我，觉得"自己什么都做得到"。无论去到哪里，都可以跑出和其他人差不多的成绩。所以当然会想要竭尽全力跑得更快。

结果，我因此伤到腰部。腰伤想要痊愈要比之前足部的外侧楔骨受伤花更多的时间治疗。

跑步时我尽量不动到腰。虽说腰痛，但也不是一直持续疼痛，所以我仍然继续跑，结果变得越来越痛。

另外，当腰部感觉到疼痛，为了弥补这个部分的不足，跑步时的负担会转嫁到膝盖、背部等身体其他部位。以避免增加腰部负担的方式，边注意状况边跑，其实也还勉强能跑。然而，实际上对身体还是太过勉强，结果就变得更痛。持续一段时间之后，连日常生活都会感到疼痛了。

我满脑子都在想因为腰部受伤无法跑步的事，顿时感到挫折，陷入低潮。

发现

"体干"的重要

　　想跑但不能跑，没办法像以前那样跑步。腰好痛，好烦。

　　因此，我像之前外侧楔骨疼痛时一样，开始问自己："为什么会受伤？""自己哪里没有做好？""哪里出错了呢？"

　　我再度阅读各种书籍了解跑步、健康、运动的相关知识，以好奇心为出发点开始学习。结果发现有很多信息指出"会腰痛的人，必须重新锻炼体干"。

"体干"？

原来是"体干"的问题啊！这时候我才发现自己从来没有训练过自己的体干。

"借由锻炼体干，可以维持不容易疲劳的理想跑姿。"我一直注意以正确的姿势走路，以正确的姿势跑步，但是我其实不知道维持正确的姿势需要什么。原本以为跑步只要锻炼脚力即可，但我终于发现这并不是正确答案。

腰痛痊愈之后，我试着在注意体干的状态下跑步。结果发现我一直以来都是光用腿在跑步，也就是说，并没有用全身的力量去跑。

何谓体干

人在跑步的时候，本来就要用到全身的力量。"体干"将人类比喻成树木，手脚就等于是树枝。树干就是指躯干的肌肉，它能支撑身体、保持平衡，让树枝的部分能够顺利动作，像弹簧一样传递并支撑人体动作。具体而言，体干主要指腹肌与背肌。

据说跑步途中足部着地时，须承受等同自己体重三倍的冲击。请想象光用膝盖或腰部承受这些冲击。在如此强大的负荷下早晚都会受伤。我的腰痛也是因为这样引起的。据说训练体干才能分担这些冲击，大幅减少身体各部位的伤害。

也就是说，通过锻炼腹肌与背肌，就能学会有效率、顺畅且正确的跑法，也不会对足部和腰部产生多余负担。借由锻炼体干，让身体各部位的动作保持平衡，不仅得以顺利传导力量，内脏与骨骼也能获得支撑，保持在正常位置。因此大家才会说锻炼体干，就能以正确的姿势跑步。

以皮球为例，就很浅显易懂了。无论再怎么用力拍，泄气的皮球都弹不起来。如果硬要让皮球弹起来，就只能出力用手猛拍。没有腹肌的体干，就像泄气的皮球一样，无法确实传导力量。用手硬拍，就等于单靠腿跑步。然而，只要有腹肌，就像皮球充饱气，自然而然跑步的方式就会改变。经过妥善训练的腹肌，就会像充饱气的皮球能顺利弹跳一样。跑步时便可维持身体平衡，手脚都会像弹簧一样朝前方跳动。

为了锻炼体干，最初的训练就是腹肌运动。也就是说，为了用全身的力量跑步，首先必须锻炼腹肌。

锻炼腹肌

是最重要的训练

觉得腰不太舒服时，我就会缩短距离、降低速度慎重地跑步，而且规划每天在家里锻炼腹肌。其实在那之前我从来没有刻意锻炼过腹肌。因为我认为跑步只需要锻炼下半身与心肺功能。

或许对运动的一知半解反而是一种灾难。从那时候开始，我每天都会认真锻炼腹肌。腹肌运动与跑步对我来说已经是密不可分的组合了。

如果有人问我："为什么要练腹肌？"我都会这样

回答："因为要锻炼体干啊！"

　　锻炼体干可以修正骨骼与内脏的位移，体形会自然而然变好。而且，跑步方式也会随之改变，感觉上也比较不容易疲劳。因为腹肌会随时支撑身体，所以一直走路也不会累，呼吸也会变得更轻松。

　　就算不是跑者，我也建议各位练腹肌，彻底锻炼自己的体干。如此一来，就能练出不容易疲劳、姿势平衡的体态。

　　开始锻炼体干之后，有很多人称赞我的跑姿。因为经过锻炼，自然而然就会变成最轻松的姿势，身体的歪斜也会自然消失。真是好处多多啊！我今年五十出头，只要稍不留神就会驼背。因此，我再度感受到好体形有多重要。

　　除此之外，也要刻意伸展身体。肩膀放松也很重要。虽然不是以腹部用力的感觉跑步，但是随时都要保持腹肌紧缩。紧缩腹部跑步并不会导致浑身紧绷僵硬，以整个身体而言，这才是最放松的状态。这样才是最理想的跑步方式。

为了寻找

正确的答案

我在思考腰痛原因时，认为事情之所以会发生，一定有其缘由与解决方法。虽然有时候也会找不到解决方法、举手投降，但是仔细想想，一定会有线索。最重要的不是解决方法是否正确，而是自己愿不愿意解决问题。

我不知道是否每次都能找到正确答案，但是也正因为不知道是否正确，才更应该要尝试各种方法。

凡事不见得一次就能找到正确答案。我在面对马拉松的问题时，会尝试拉筋、询问其他人、翻阅书籍等方法。我认为多方尝试，在自己心里累积"这种时候什么做法最好？"等实验性、体验性的经验很重要。

待下次发生问题时，即便不见得是最好的解决方式，也能先尝试比较适合现状的方法。拥有现在的方式"不是最好而是相对之下比较好"的自觉也非常重要。

跑步就是测试自己
最好的方法

　　当你感到"今天好累""好像有点反胃""身体有点吃不消呢"时，一定有其原因。俗话说三天前吃的东西、发生的事，都会反应在今天的身体上，这句话真的一点也没错。假设今天觉得肠胃状况不好，通常都会想起三天前"啊，好像吃了两个大福（糯米团子）……"。

　　身体不舒服时，找出原因很重要。而且，不需我多言，今天的身体状况绝对是自己造成的，与他人无关。因此，自己费心注意很重要。

心理状态也一样。"今天感觉非常焦躁"——这也一定有其原因，所以必须彻底找出"最近发生什么事?"，便于解决问题。如果不这么做，有可能等你发现时已经不得不送医院了。

"跑步"至少是了解自身状况的一种指标。即便每周只跑几次，也能成为身心状态的试纸。

跑步时可以清楚看见自己包含身体、心理或者人际关系、工作成果等状态。只要发现有点异状或令人在意的地方，就要知道问题一定出在自己身上。尽早发现、尽早改善，这种方式经常循环，才能改变自我。

最重要的是必须经常带着改变的种子。抱持"这样就好""没办法，只能这样"的自我放弃态度就等于扼杀自己成长的机会，真的非常可惜。

我今年五十二岁，但我认为自己还有很多改变的可能性。我期待自己能让大家刮目相看，对我说："松浦先生好像变得不一样了呢!"

跑步塑造了

我的生活方式

　　我从早上五点左右开始工作。所以到晚上六点时，就已经累瘫了。可能因为我是晨型人的体质吧！所以总是希望早上就能结束自己的工作，下午的时间就用在和其他人开会、外出等比较没有生产性的琐事上。

　　我会选在一大早或者晚上跑步。时间点和季节也有关系。冬季早起很辛苦，所以自然而然就变成晚上跑；春季天气好，早上跑步很舒服。当然也会因为当天的天气，决定晨跑或夜跑。基本上雨天不跑步。如果是小雨还没关系，大雨的话就无法舒畅地跑步了。若某天无法跑步，那就挪到其他日子。总之，跑步时间要随机应变。

　　我每天的行程表都是依照最能发挥自己潜能的完美规律制订。因此，对我来说，照表上课反而是我的责任。我已经五十几岁，体力当然不如三十岁的人。如果不定好行程表，在最能够发挥能力的状态下执行每天的工作，一定会输给二十几岁、三十几岁的年轻人。

　　一天结束时，会觉得自己今天也努力做好工作了。而且身体感受到的疲惫并不令人讨厌，反而很舒畅。因为很充实，所以我也睡得很好，隔天早上能够神清气爽地起床。

　　在这样的生活中，跑步是非常重要的元素。其实应该说是我通过跑步学习到的各种事物，造就了现在的生活方式才对。

　　没错，因为持续跑步，所以才发现、学习、感受以及出现，至今从未有过的新事物实在太多了。

　　花了三年的时间，跑步才自然而然融入我的生活，但也正因为做到这个地步，我终于能建立起"自己的马拉松"模式。

三年的时间

能实际感受到"做到原本做不到的事情""只要努力就可以做到"的情形，乍看之下很多，但其实少之又少。

任何人只要想跑都能跑。不过，还要加上花费三年时间的条件才行。当我说："只要努力三年，体形就会改变！""体重会下降，肌肉增长的方式也会改变，只要忍耐三年就好！"人们都会用有点失望的语调回答："是吗，要花三年啊？"

三年的时间其实转眼就过了。我跑步跑了九年，但是我也常常会想："跑了九年还只有这种程度啊……"我觉得自己的程度还很低，心里还有更高的目标。

跑步和每天的生活与工作很相似。大多都在开始的三年之后，才看得见努力的成果。在那之前，只能不忘从事各种挑战、尝试改变，一点一滴埋头累积应该做的事情。

それからの僕にはマラソンがあった

随时关注自己的目标

非常重要

　　每当我说"我已经跑步跑了九年"时，通常大家都会很惊讶："您不是很忙吗？为什么还要跑步？"

　　我想一定是因为很忙所以我才能持续这么久。我周遭的人，越忙就越会持续某种运动，而且不仅限于跑步。

　　说句不怕别人误会的话，越是这种人越成功，社会地位也越高。也就是说，能够自己决定要做的事情并妥善规划、长久坚持的人，工作上也能获得成功。

　　在像超人一样忙碌的状态下依然成功的人都非常

勤劳，这就是成功的证据。他们并非牺牲睡眠，而是通过妥善运用时间得以抽空运动。

这些人会清楚区分非做不可和不做也无所谓的事情。这和跑步没有关系，但可以说是安排时间的基础。

虽然有点离题，不过决定做一件事不能仅凭暧昧不清的直觉，具有明确的愿景非常重要。我认为被问道"你为什么跑步？"却只能回答"也没什么理由……"的人，大概无法持续跑下去。工作也是如此，被问道"你为什么工作？"却只能回答"也没什么理由……"的人，绝对不可能成功。

其实，无论什么样的愿景都无所谓。譬如"想赚钱""想要有好的评价"，无论是什么，只要有愿景就能持续下去。人想要赚钱、想有好评价而工作，不会只是单纯咬牙苦撑，而是为了自己的生存方式努力。

自己描绘的愿景会变成生存价值，越接近自己的愿景就越会感受到活力，所以我今天也会继续跑步、继续工作。

挑战

跑步是什么呢？如果笼统地回答这个问题，我想答案应该是"挑战"吧！

所谓的挑战就是指想不想改变自己。为了改变，尝试各种不同的挑战。有时候也会失败。不过，那对自己而言也是必要的失败。毕竟，失败会带来下一次挑战的灵感。

每天都要挑战。

每次说我已经五十二岁，大家都会吓一跳。大家都会说:"您看起来好年轻!"也经常有人问我:"您平常怎么保养呢? 请教教我吧!"

我其实没有做什么特别的事,但是如果别人问我为什么看起来这么年轻,我应该会回答:"因为我每天都在挑战。"我觉得说不定"挑战"就是让人看起来年轻的秘诀。因为到了我这个年纪,要维持现状根本就是不可能的任务。

总是在尝试错误,每天都在失败并思考该怎么做,然后再继续下一个挑战。在这个循环当中,会出现很多新的相遇,也会感觉到自己的改变。

"自动自发持续挑战""不害怕失败"这种态度代表信用与信赖,连带影响他人对自己的评价。谁会把重要的工作交给不喜欢改变、总是担心风险的人呢? 又有谁会和这种人商量重要的事情呢? 持续挑战的人,才会有好形象。不害怕失败、总是在挑战的人,机会必定到来。

それからの僕にはマラソンがあった

无论如何我都不想失去跑步的自由！
西本武司 × 松浦弥太郎

跑步本身就代表自由。

工作时，难免会有无法原谅自己的瞬间。这种时候

只要能跑，就可以放下。跑步本身就是这样支撑着我。

それからの僕にはマラソンがあった

开始跑步的
契机

　　松浦：西本先生在绯重里先生创办的"保保日刊
1101 新闻网"（以下简称"保保日刊"）制作马拉松的
相关数字内容，还营运杂志 *Number Do* 主办的跑步活
动 "TOKYO FREE 10"（只设定终点与完跑时间，跑
者自由跑完十千米的活动），同时也是自二〇一六年四
月开播的地方广播节目"涩谷电台"的制作部长，请
问您在进入"保保日刊"之前，从事什么工作呢？

　　西本：我之前在吉本兴业担任明石家秋刀鱼、岛

田绅助、伦敦靴子一号二号、COCORICO等搞笑艺人的经纪人。后来转调到大阪，在吉本兴业的广告窗口工作，因为一个选用吉本艺人的广告而与绊重里先生相识，也顺势加入刚成立不久的"保保日刊"。

松浦：所以从"保保日刊"草创时您就加入了呢！

西本：等我回过神来，已经待了十五年。

松浦：我大约九年前开始跑步。当时我有读"保保日刊"的马拉松专栏《"保保日刊"中年田径队——从负数开始跑步》（二〇一二年九月二十四日开始连载）。我当时开始跑马拉松，是因为身体状况开始变差，那段时间觉得自己很痛苦。读了那篇专栏之后，我才知道也有和我一样开始跑马拉松的人，而且内容非常详尽。我擅自认为西本先生是我的马拉松导师。专栏里还有写到"这种时候这样处理即可"等小秘诀，对我来说真的是受益匪浅。刚开始跑马拉松的时候，不是都很辛苦吗？我没有任何人可以依靠，虽然偶尔也会翻阅书籍或杂志，但是大多都是类似教科书的东西，也不知道内容到底正不正确。这种时候，西本先生所写的内容，就成为我的精神食粮。

西本： 那是我的荣幸啊（笑）。我在来之前还想说，大名鼎鼎的松浦弥太郎先生怎么会找我呢？现在我终于懂了。当时一起制作专栏的伙伴也一定会很高兴。我读完您的原稿之后，发现我和您一样也是跑了九年左右，经历差不多呢！

松浦： 西本先生大概比我早一点。

西本： 我开始跑步的原因和您也很相似。当时我的头脑转不动了。某次我们决定要以哲学家为主题做一个专栏。花了一年以上的时间，终于做完了这个专栏，可能因为那是我自己有史以来用脑最多的一次，所以觉得筋疲力尽，无论是大脑还是心灵都动弹不得。我打算借着这个机会，暂时和工作保持距离，花时间尝试新的事物，此时，我突然想到，大概只有现在可以挑战全程马拉松吧！刚好我太太在 New Balance（新百伦）工作，所以对我买跑鞋、周末抛妻弃子参加马拉松大赛很宽容，这也成为我的一大动力。

松浦： 西本先生在那之前有跑过步吗？

西本： 我以前有打棒球也踢足球，当时为了训练经常跑步，但是不曾单纯跑步。就这样开始跑，果不其然身体就出问题了。我边看教学书，边拿自己的身体做实验，头脑和身体开始不断反馈，我意外发现这种方式非常适合自己，让我觉得认真尝试跑步很有价值。就这样持续跑下去之后，我的心也开始动了起来。

"保保日刊"是一家超级偏向文科的公司。在公司内部只要说自己在跑步，就会被当作怪人（笑），所以我当时心想，跑步这件事就当成只告诉家人的重要兴趣。但是开始跑步之后，为了准备晨跑，晚上就越来越无法应酬。当人际关系开始出现问题时，电视上播出了我去东京马拉松加油的画面，结果慢慢被周遭的人发现"你这家伙好像有在跑步啊！"。因此，我以分享的感觉开始写专栏，后来事情就发展成那样了。

松浦： 原来如此。本书虽是描写我九年的跑步生涯中，产生的变化以及马拉松的故事，不过西本先生可以说是我出发的原点，所以这次才想邀请您来与我对谈。最近我经常在想，马拉松和慢跑、跑步有什么不同。我们到底是在跑哪一种？我觉得说自己有在跑步，好像有点难为情，所以我认为"马拉松"对我来说是最适合的词。

西本：的确是很难为情。不过，如果说"我有在跑马拉松"，大家就会突然觉得我在做很辛苦的事。话虽如此，当我想告诉别人马拉松或跑步的好处时，反而因为只有优点没有缺点、太过正经而无法好好传达。所以，我只有在被问到的时候才会回答。

只要能跑步，

大部分的事情都能解决

松浦：跑步的人有什么共通点吗？

西本：像我们这样的市民跑者，都很不喜欢体育派那种骂人、教育的方式。另一方面，读书就很轻松，所以往往会大量购买教学书。正因如此，对各种知识都了解得非常透彻。我很喜欢箱根的接力赛，在那里有很多能和大学生或企业团体跑者对话的机会，通常市民跑者的知识都会比较丰富（笑）。譬如说，曾经有企业团体的跑者对我说："我对跑鞋的了解还远不及西本先生呢！"因为和跑步相关的事情，我几乎都尝试过了啊！现在回头想想，我还买过效果可疑的项链、贴片和乳霜……

松浦：我也都试过（笑）。感觉好像在做结论，不过我常常在想，跑步到底是什么？西本先生怎么想？

西本：前几天我去了一趟伦敦。我在街头慢跑，发现周遭的人速度都很快。在日本的话，相同体形的人每千米跑六分钟或七分钟，在伦敦则是每千米跑五分钟，跑得上气不接下气。我本来想说可能只是刚好遇到这个人，但仔细观察之后发现每个人都用自己会跑到断气的速度跑步。刚好伦敦的优衣库正在举办"BREAKFAST RUN（早餐跑）"的活动，我便询问参加活动的英国人："为什么要跑这么快？"大部分的人都回答："因为想清空脑袋啊！"在英国，跑步不是为了"减肥"或"预防代谢症候群"，而是为了清空思绪，这种想法已经根深蒂固。这时候我才发现，原来自己是为了调整脑袋和身体状况而跑。

松浦： 正如西本先生所言，我也觉得是为了调整自己而跑。学会一种调整的方法，对我来说很快乐也很有安全感。无论发生什么事，只要自己还能跑，我就会觉得很安心。

西本： 我很了解那种感觉。我明明就没有广播的相关经验，但是在创办"涩谷电台"时，我莫名有种自信，觉得只要还能跑就没什么问题。再进一步详细解释的话，可以说只要跑步就能解决大部分的问题。成立"涩谷电台"时也是碰到很多疑难杂症，就算我当下手足无措，隔天只要带着那个问题去跑一个小时，不知道为什么答案就出来了。如果还没出现解答，我就会再多跑三十分钟。找到答案之后就会急着想回家发电子邮件（笑）。所以，我认为只要还能跑，或许就没什么事不能解决了。

松浦： 那是一种很不可思议的感觉。与其说是思考，更像是多余的东西被甩掉，只剩下重要的关键。这和凝神集中思考一件事的感觉不一样。我一个小时大概跑十千米，这段时间会甩掉很多东西，只留下部分在脑袋里。虽然也不是每次都带着问题跑步，但是每次跑完之后留在脑袋里的东西，会成为我工作上的动力或灵感。我花了三年的时间，才发现这一点。在那之前，我总是在想跑步好累、好痛啊！

　　西本：开始跑步几个月之后，终于在某个时间点我能跑十千米了。当时边哭边想："竟然能跑十千米，我一定还可以做得更好！"无论是经济还是工作，很少有效果和所耗时间成正比的例子，但是跑步只要练习就会越来越好，这个部分很令人开心。

　　《"保保日刊"中年田径队》当中有一位叫作"阿贝"的男性，他为了东京马拉松学习、练习半年，第一次跑全马就有 SUB4 的成绩（四小时以内完赛）。可能也是因为他个性耿直的关系吧！让我感觉到，只要不逃避马拉松、认真练习，任何人都能跑。

　　我觉得有很多人到了中年才迷上马拉松，最大的原因之一就是发现自己的精力和体力都变差了。不过，仍然抱着"我不能放弃"的心情，打从心底相信自己的潜能。

松浦： 虽然我也曾经有过越跑越好的感受，但年过五十以后，最近明显感受到自己跑步的能力已经渐渐下滑。真的和一年前不一样了。

一年前，我还可以达到自己设定的时间或速度。今年开始就渐渐办不到了。但是我并没有因此觉得不开心，最近反而能享受降低速度之后悠哉跑步的感觉。

西本： 啊……大家只要没有达成预定的完跑时间，就会突然变得很失落呢。当速度再也无法提升的时候，这些人就会转移到一百千米等长距离的赛事。速度减慢但是可以跑得更远，这也算是新的挑战。不过，长距离赛事和每天持续练跑感觉又是另外一回事了。

我也觉得跑步速度不像以前那样快了。不过，唯一让我觉得欣慰的是，我的确变得很会跑步。

松浦： 我懂。虽然不知道哪里变好，但至少脚步

不再慌乱。这一点真的令人觉得舒畅无比。好像腿真
的有弹跳起来的感觉。跑步无法照镜子确认动作，不
过跑姿看起来应该不错。

全程马拉松里的

故事

西本： 松浦先生在国外也会跑步吧？这种时候，我都觉得可以毫无语言隔阂就能心意相通（笑）。对面迎面跑来的当地人，总会有一瞬间传来"啊！你也有在跑步啊！"的眼神。就算不说话，彼此也能了解。这种时候，我就会觉得"坚持跑到现在真是太好了"。

松浦： 刚开始跑步时迈开步伐的感觉，直到跑完之后停下来的姿势，虽然不像西本先生说的那样毫无隔阂，不过我觉得非常顺畅。那种感觉很舒服。我以前会想要再跑快一点，但现在慢慢跑也很轻松。

　　西本：这样很好啊！尤其全马的完跑时间很容易受路线或气温影响。我觉得大家应该要脱离完跑时间的束缚才对。

　　我个人很喜欢巴黎马拉松，这两年都有参加，第一年的时候太小看巴黎的石板路了（笑）。从凯旋门出发沿香榭丽舍大道往下跑，从起点开始一直都是石板路。第一个供水站巴士底广场也是石板路。连最累人的终点站前也是石板路（笑）。一般全马都是从三十五千米开始会觉得很辛苦，但是跑石板路的话，在三十千米处就觉得超累。边跑边想："我穿错鞋了啊！"所以回国之后我马上着手准备新鞋，打算明年穿厚底的跑鞋参加。练习穿厚底鞋的跑步姿势，在东京练跑还要幻想"这里是巴黎"（笑）。第二年气温比较高，完跑时间比之前差，但是跑步状况明显比之前好多了！我想下次一定可以跑得更好，所以我早早就报名了明年的巴黎马拉松。

松浦： 这样做比较好。不过，有什么参加大赛必须做的重要准备吗？

西本： 我觉得从报名那个瞬间开始，享受想东想西的感觉最重要。这是绯先生教我的，在我们规划日本航空的"度假航线"活动时，绯先生曾说："为了去夏威夷而买泳装，从这个时候夏威夷之旅就已经开始了。"我对这句话印象非常深刻。我想马拉松也一样。花一年的时间思考要如何在石板路上跑步，等于马拉松已经开跑了。

松浦： 真好。参加赛事有一个目标的话，就会有动力。我每年都会参加台北马拉松，今年已经是第四年了。我总是很期待自己能在台北马拉松好好表现。如果是十月开跑，我就有一个到十月之前要做到某个程度的目标。我会为了达到目标，再多努力一点。

西本： 在台北跑步很热呢！好想参加看看。台北马拉松的话，可以边跑边想完跑之后去鼎泰丰吃小笼包！

松浦： 参加人数每年都在增加啊。

西本： 全程马拉松是一种付出多久时间就会哭多久的运动。我第一次大概发挥百分之一百五的哭功。

松浦： 全马大概跑四个小时，不过跑步期间自己的心会一直浮动。途中不知道为什么觉得很焦躁，甚至会生气（笑）。不过，最后一定会心情舒畅而且很感动。跑四个小时就有四个小时的故事呢！

西本： 我跑步的时候会觉得自己一直在自问自答。如果是SUB4，感觉就是用大脑的CPU（中央处理器）花四个小时在开会。最后身体会动弹不得，应该是大脑太过疲惫，下指令的速度变慢所致吧！因为大脑和身体的时间差，身体受损。

松浦： 说不定真的是这样。跑长距离的话，就会思考很多有的没的啊（笑）。但是，最后就会刚好正负抵消。

西本： 虽然马拉松给人一种严于律己的印象，但令人意外的是意大利的马拉松大赛比日本还多。查询全世界的马拉松大赛之后，发现有好多路线我都想跑。譬如说全世界首屈一指的高速路线柏林马拉松以及被村上春树先生誉为"马拉松是这个城镇的 DNA"的波士顿马拉松。NIKE（耐克）总公司所在地的俄勒冈州尤金市是被称为"田径之城"的跑者城市，我也很想在这里跑跑看。二〇二一年的世界田径锦标赛已经决定由尤金市主办。在日本的话，总是会以二〇二〇年的东京奥运会为目标，但我的目标是二〇二一年在尤金的世界田径锦标赛（笑）。

それからの僕にはマラソンがあった

正确的

穿鞋方法

松浦: 说来这属于初阶的问题，反而有点不好意思讨论，不过关于鞋带我有一些发现。我在没有思考过鞋带的状态下，跑了好几年。虽然是很基本的事情，但每次都从鞋尖数过来第三个孔开始拆鞋带并重新绑好，光是这样跑起来就会完全不一样，这一点让我很惊讶。

西本: 就算鞋子再怎么好，只要没有绑好鞋带，就无法展现鞋子的优点。在准备暖身之前，先松开鞋带，让脚跟彻底贴合鞋底之后再重新绑鞋带。如果鞋带确实有绑好，穿起来的感觉就会明显不同，让人情不自禁想发出"哇哦——"的呐喊。穿鞋的时候，不知道是不是因为已经习惯用脚尖点地板，所以大家都会比较在意脚尖的部分。但是，关键其实在于鞋子要贴合脚跟。

松浦：真的完全不一样。我们从小就开始穿鞋，说到绑鞋带就会觉得要从最上面拉紧。那其实是错误的绑法。鞋子的尺寸也很重要。很多人都穿着不合脚的鞋子。

西本：《"保保日刊"中年田径队》连载的文章当中也有提到，买鞋的时候，要彻底试穿与测量尺寸有零点五厘米至一厘米的差距，而且宽度不同的款式，如此一来就会了解"适合自己"的感觉。如果穿上比"适合自己的尺寸"还要大零点五厘米的鞋，跑起来就会完全不一样。

松浦：所以应该要试穿各种品牌、尺寸的跑鞋。

それからの僕にはマラソンがあった

状况不佳时

停下来的方法

松浦：开始认真跑步之后，就会觉得不能在跑马拉松的时候中途停下来。我大概也这样持续执行了五六年了。

西本：这也是因为受到村上春树先生的影响吧（笑）！

松浦：对啊（笑）。看完《关于跑步，我说的其实是……》，就会觉得不能停下来啊。但是，如果真的这么做，身体一定会出问题，绝对不能勉强。我最近状况不好的时候就会自然地换成走路或者停下来。西本先生的状况如何?

西本：我都假装自己是一流的运动员，然后停下来（笑）。

松浦：就好像是刻意停下来那样吗?

西本：把手搭在腰上，装得像一朗[1]选手正在深思熟虑一样（笑）。

松浦：刚开始也停不下来吗?

西本：我们这样属于文科类型的跑者，都会有像村上春树先生那种"至少到最后都没有用走的"，宛如刻在墓碑上的束缚（笑）。但现在我已经可以泰然自若地停下脚步了。

1　一朗：铃木一朗，棒球手，连续七年荣获"优秀击球手"称号。

制作一份国外的

跑步指南吧!

松浦：您现在都以什么基准练跑呢?

西本：如果不是真的太累，我会跑十千米以上。

松浦：西本先生曾经说过"重要的不是距离或速度，而是时间"。所以我一直把这个当作自己的准则。结果虽然是跑十千米，但是我一直以持续跑一个小时为目标。

西本：一个小时也就是六十分钟，我觉得是很刚好的测量单位。六十分钟跑十千米。

前几天有人拜托我说："六十五岁的母亲说想试着

跑步，西本先生能不能一起陪跑？"所以我就和对方一起沿着多摩川练跑。我说慢慢跑就好，一起跑跑看吧！我们真的跑得很慢，但结果真的跑完十千米了！我跟对方说："十千米大约是从涩谷走到二子玉川的距离哟！"结果对方吓了一跳。无论是谁，只要慢慢跑都能跑十千米。我在国外时，都会早起花六十分钟跑十千米。如此一来，就大概能了解整个城市的轮廓。如果停留四天，就可以东西南北各跑十千米。在人烟稀少的早上跑步，会有很多发现。感觉可以写一本原创跑步指南。

松浦： 最让我觉得不可思议的是，如果穿着跑者的装束，就算到处闲晃也不会被当作怪人（笑）。我在国外也常跑步，而且跑步的感受比旅行更特别。散步去不了的地方，跑马拉松就可以轻松经过，迷路的话，只要折返即可。

在旅游当地我会以自己住的饭店为中心，将城市分成四块，跑过一趟之后自己制作地图真的很好玩。沿途会有面包店、公园之类的地标。

西本： 对啊。可以发现很多东西呢。您知道 "Strava"
这个 App 吗？

这是一个有地图功能并且可以记录跑步路线和速度
的跑步应用程序，我开着这个程序在伦敦跑步，发现摄
政公园出现红土田径赛道。跑完之后，我用 "Strava"
回顾曾跑过四百米赛道的人的纪录，发现最快的完跑
时间是四十三秒！顺带一提，日本纪录保持人高野进
先生的完跑时间是四十四秒七八，可见这个速度是世
界级的纪录啊！无论是一般的红土赛道或城镇里的道
路，只要使用 "Strava" 就可以知道 "谁在什么时候
曾经跑过这条路"。可以说是享受跑步的新方式。

松浦： 在国外跑步本身就已经变成旅行的目的了。
我前一阵子去了德国的斯图加特。每天都跑步，很快
就掌握整个城镇的面貌，也找到可以吃早餐的地方、
闲暇时间可以闲晃的地点。感觉可以写成一本小指南。
跑十千米的话，几乎大部分的地方都能去到啊（笑）。
所以无论去到哪里，都不会觉得害怕。

自己能跑十千米

就会产生安全感

松浦：二〇一一年日本大地震时，在东京的居民都徒步走回家。我也是其中一人，当时从青山附近走到二子玉川，真的累坏了。家人都在家里，但是联系不上，所以我一心想赶快回家。不过，想早点回家就只能用走的。

从青山到二子玉川大概十千米，我自认没有那个体力跑步，感觉很糟。途中筋疲力尽打算到便利商店买水喝，当时觉得很讨厌没用的自己。

西本：我那一天也是相同的状况。当时我任职的公司在表参道，我太太从银座走来表参道，对我说："我再也走不动了。还要去幼儿园接孩子，怎么办？"从表参道到幼儿园距离十千米左右。因此，我把行李都交给太太，告诉她："我用跑的过去。"

我是最早到幼儿园接孩子的爸爸。我跑在世田谷大道上的时候，对面也有人迎面跑过来。虽然这样很不得体，不过我们四目交接互相笑了一下（笑）。我们都觉得能跑步真是太好了。我想我绝对不会忘记这件事。

松浦：虽然不知道未来会发生什么事，不过以单纯的例子来说，就算重要场合差点迟到，我仍然会有一种不可思议的感觉，认为自己只要能跑就没问题。

西本：大地震之后，我前往气仙沼市的机会变多了，所以每天早上我都在各地跑步。城镇里随处都可以看见海啸留下的创伤。我跑上制高点，不禁心想"水竟然淹到这么高的地方"，对眼前景象感到无法置信。

跑过一轮之后，我才终于了解现状。

　　松浦： 因为能跑步，所以发生事情的时候才能增加选项。自己能轻松跑完十千米，应该很有安全感吧！

　　西本： 拥有能跑十千米的技术，对我来说是有点值得骄傲的事情呢。

　　松浦： 而且，还是已经不年轻的自己能跑十千米。我想这会成为每天生活中的护身符。如果精神上觉得无法负荷，只要去跑一跑就能恢复元气。

要有一条优秀的

练跑路线

松浦： 我今年五十二岁，考虑接下来体力下滑的趋势，发现自己应该会转往不同的马拉松阶段。应该是说，我找到有别于以往的享受方式。跑步的时候，不总是一个人吗？我觉得那段时间好珍贵。

西本： 是啊。我觉得有一条优秀的练跑路线很重要。

松浦： 我很喜欢我家附近的十千米路线，已经跑了好几年呢！我最近有一次沿着反方向跑。结果发现，朝反方向跑感觉非常舒服。

西本： 旭化成株式会社的铠坂哲哉选手，自大学时代就一直在砧公园练跑。我问他："为什么一直在砧公园跑呢？"结果他回答："这是我学生时代一万米跑出二十七分钟成绩的地方。我不想舍弃这个环境。"我故意继续丢出刁钻的问题："一直跑相同的路线不会腻吗？"铠坂选手告诉我："西本先生，跑步有很多种方法啊！"他还说譬如可以朝反方向跑、在有坡道处放慢速度跑。就算是相同路线，只要改变跑法，就可以给予身体不同刺激，跑起来也变得有趣。

松浦： 真的是这样。十千米路线的最后一千米，通常都是在很辛苦的状况下跑完，所以朝反方向跑的话，原本最后一段路一开始就跑完，这种跑起来觉得很轻松的不可思议之感，很令人开心呢！

西本： 砧公园也有企业团体的肯尼亚跑者在那里练跑，他们自然而然就能倒退跑。而且他们都用很快的速度倒退跑，有时候会觉得很恐怖呢（笑）。

享受世界

田径锦标赛的方法

松浦： 西本先生曾经去看过世界田径锦标赛。我想我们和选手们的程度差很多才对。您觉得如何呢？

西本： 我开始在砧公园跑步的时候，驹泽大学的选手和我跑同一条路线。当我模仿这些人，打算追上跑速很快的选手时，觉得自己也参加了世界田径锦标赛。就像打业余棒球时模仿一朗选手的姿势一样，我很享受模仿隶属 Nike Oregon Project（耐克俄勒冈计划）的大迫杰选手的姿势跑步。试着模仿之后，就会发现"大迫君的手臂摆动方式，原来有这种效果啊！"。幻想自己在这里可以先用铠坂选手的跑法，最后再用英国田径选手莫·法拉赫的跑法超越他们（笑）。我有一部分也是为了享受这种乐趣而去观赏比赛。

松浦：好有趣。我下次也要来观察他们的特征。

西本：我边观察驹泽大学的选手边开始跑步，所以就这样迷上了箱根接力赛。观察驹泽大学的选手一整年之后，觉得赛道田径也很有趣。后来我开始去看全大运（日本全国大学生田径运动会）、日本田径运动会等赛事，待回过神来，我已经跑去看世界田径锦标赛了（笑）。因为广告的工作得以让我进入竞技场，也获准拍照，透过观景窗更能了解选手的特征。我看见 DeNA 株式会社的上野裕一郎选手与大迫选手，在日本田径运动会的最后三百米时动作同步化，心想不愧是同一个高中（佐久长圣）出身的选手啊！觉得好有趣（笑）。

松浦：您看选手就知道他们的状况吗？

それからの僕にはマラソンがあった

西本：对。从出发前的表情也可以略知一二。我刚好可以近距离观察，所以可以看到选手在集合处等待的样子、出发前最后的流程（刺激心肺功能）与起跑前的等待方式。除此之外，从起跑之后的抢位，也可以看出每位选手的想法。如果可以从这些方面观赛，看比赛就会变得很有趣。

松浦：世界田径锦标赛是输赢的世界对吧！选手都具有像冒险家一样的强大力量吗？

西本：一旦成为绝顶高手，就会产生美感。因为他们的身体是专为竞赛而锻炼的。不过，看多了美好的身材，回头看自己就会想叹气。

跑步的
相关活动

松浦：西本先生办的"TOKYO FREE 10"也很
不错呢！

西本：我和路跑教练金哲彦先生、日本田径联合
会事业部长大岛康弘先生聊天时，金先生想到"不指
定起点和路线，从各场所跑向一个终点就好"的点子。
"TOKYO FREE 10"的活动中跑者须穿着相同的黄色
T恤跑步。刚开始起跑的时候孤身一人，但是越接近
终点，穿着黄衣的人就会越来越多。发现黄色T恤的

瞬间就会变得很兴奋呢!

松浦: "TOKYO FREE 10" 办了几次呢?

西本: 已经办了三次。接下来想结合地方的早市举办。如果把终点定在早市,跑完就可以马上享用美食啊!

松浦: 优衣库的 "BREAKFAST RUN" 又是怎么开始的呢?

西本: 十几年前,我曾经有机会参与品牌 "优衣库" 的工作中,从很多人身上听闻优衣库以前的事迹。其中我最喜欢的,就是在优衣库成为大公司之前的逸事。当时,只要优衣库开新的分店,在开店前都会大排长龙。柳井社长得知后,下令 "发红豆面包和牛奶给排队的客人"。最近,我参加优衣库的路跑企划会议时,想起这件事,所以提议:"用去优衣库吃早餐的概念企划如何?" 这是一个在开店前的优衣库集合,一起去跑步,再回到优衣库吃早餐的企划。在新宿试办之后获得好评,前几天在伦敦的优衣库也办了一场。我其实是想像《蒂凡尼的早餐》那样，让大家听到早餐就会想到"优衣库早餐"才办这个活动（笑）。

跑步会

改变生活

松浦： 开始跑步之后，饮食、睡眠、工作的方式都会大幅改变呢！

西本： 我会因为早上想要舒服地跑步而拒绝聚餐（笑）。为了彻底清醒再去跑步，睡前我会摄取氨基酸，不只注意睡眠时间，也想改善睡眠质量。只要想到"这一个饭团的热量等于跑五千米"就自然而然会注意日常的卡路里的摄入量，也会选择摄取质量优良的食物，后来就变成习惯自己下厨了。

松浦：了解"今天要多吃肉"之类自己需要的营养，也不会摄取过多的食物。

西本：对啊！如果喝完酒，又在最后吃拉面，就无法在睡前消化完所有食物，会引起胃的消化不良。开始跑步时，身体会觉得很沉重，百害而无一利呢。

松浦：虽然我也说不清楚，不过跑步之后各方面都觉得很满足，感觉自己不需要额外的东西了。

西本：在刚开始晨跑时，感觉全身上下的传感器全面启动，很容易发现各种事物。

松浦：我变得很了解自己的身体状况。我认为与其服用奇怪的健康食品，还不如去跑步。

西本：不过，一旦跑步变成生活重心，就会稍微疏远一起享受夜生活的朋友了（笑），但跑步可以结交新朋友，所以最后朋友圈还是会扩大呢！

松浦：恢复活力的方法也会改变。因为我不想错过跑步的机会，所以总是会找时间去跑步。

西本：我还是上班族的时候，如果碰到早上一大早要开会无法跑步的情形，就会带着跑鞋和运动服去开会，回公司前绕到皇居跑十千米，然后假装什么事都没发生，再回到座位上工作（笑）。

身体出问题的时候

该怎么办？

松浦： 开始跑步之后，体重越来越轻。体重一度呈现人生最轻的状态，不过我发现这并不是好事。太瘦的话，体力也会变差。

西本： 如果习惯持续跑步，刚开始可能很难发现运动过度。明明肌肉并不觉得疲劳，身体也很轻盈，但不知道为什么就是跑不动。这种时候很可能是跑者出现贫血症状。因为足部着地时，脚底的红细胞会遭到破坏，引起跑者贫血的症状。这种时候就算继续跑也无济于事，必须彻底休息。

松浦：对，只能休息。去医院看病，医生也只会叫你休息。

西本：若积极休养，就可以在维持体力的情况下重新开始跑步。为了保养身体，可以练习瑜伽、长距离公路脚踏车或游泳运动，如此一来还能参加集合游泳、脚踏车、跑步的铁人三项（笑）。其实盛夏没办法长距离跑步，所以可以搭配脚踏车或游泳来做交叉训练，到了凉爽的秋季，就能在充满新鲜感的状态下跑步。

松浦：身体受伤两次之后，就不太会出问题了呢。

西本：受伤之后就会知道，疼痛的地方并非疼痛的源头。所以只在患部贴膏药是没有用的。因为膝盖痛，成因也可能是大腿或臀部的肌肉紧绷。

松浦：刚开始跑十千米的时候会感觉肌肉酸痛。不过，说句自大一点的话，我现在完全不会痛了。反而觉得很怀念肌肉酸痛呢（笑）。

西本: 可是跑完全马还是会肌肉酸痛啊（笑）。

松浦: 因为那是脱离平常生活范围的身体使用方式，所以肌肉才会吓一跳吧!

跑步的自由

西本：无论如何我都不想失去跑步的自由！

松浦：对啊，跑步本身就代表自由。我认为喜欢跑步的人，应该有很多都不擅长像上班族那样做固定的事情。

西本：其实辞去"保保日刊"的工作时，我还没决定好下一步该怎么办。只是单纯想说先从离开公司开始，就这样辞职了。就像是先跑再说的感觉（笑）。

松浦：自己有能力跑步就是这么一回事啊。总之，一定会有办法的。工作时，难免会有无法原谅自己的瞬间。这种时候只要能跑，就可以放下。跑步本身就是这样支撑着我。西本先生今后也会继续跑步吧?

西本：会啊。其实我本来是很容易厌倦的人，这还是我第一个坚持这么久的兴趣呢!

（终）

それからの僕にはマラソンがあった

第三章

保持五分四十五秒
跑完一千米的速度

先把距离和时间放一边，通过跑步可以找到生活方式的全新价值观。跑步并不只是单纯的运动。借由跑步的各种准备，你会发现很多生活中重要的事，本来看不清楚的东西也会变得清晰。

养成一整天的

规律生活

吃完早餐之后，我就会开始晨跑。不只是早上，任何时候我都不会空腹跑步。另外，因为跑步会流汗，所以我会先补充大量水分再去跑步。

这是很重要的原则，很多教学书籍都会提到，若没有吃饱，补充足够的水分其实对身体不好。因此，就算我没胃口，也会吃早餐。

晨跑大约一个小时。跑完之后差不多已经七点，所以接下来要马上前往公司开始工作。

如果没有聚餐，我会在晚上七点前回家；就算晚上有事，最晚也会在八点前回家。到家之后开始吃晚餐，晚上十点就寝。隔天早上五点起床，就这样每天重复。自从我开始跑步之后，就一直维持这种生活模式。

我在成为《生活手帖》的总编辑之前，就已经计划好自己的生活时间，并且养成规律的习惯。我在那之后过一段时间才开始跑步。当时我是自由工作者，如果不养成规律的作息，就会打乱自己的工作节奏。其实无论几点起床、几点开始工作都可以，但是自由工作者如果不能比一般人更严格管理自己，根本无法成事。无论是经济层面还是工作时间，自己都要彻底管理、按纪律行事，否则往往会变成"随便都可以"，导致无法兼顾工作的质量。自由，其实很辛苦。

另外，自由工作者一个人工作，所以不会有人告诉自己哪里做错，只能自己多加注意。因此，必须通过整顿自己的生活方式，仔细思考时间的使用方法，随时不断改善、进步。

可能是因为平常就像这样打造有弹性的规律生活，所以才比较容易在日常生活中融入跑马拉松的习惯。

该怎么吃

开始跑步之后，我完全不吃零食了。

我本来就不是食量大的人，但若身边有零食，我就会把它吃掉，而且因为工作的关系，只要有人拿零食招待我就会吃。

然而，现在除了正餐之外，其他时间我一概不进食。

我只在固定的时间用餐。时间一到，不管饿不饿，我都会吃饭。无论是否空腹，只要不摄取营养就会觉得疲劳。

我开始跑步之前，并不是什么大胃王，也不太会去吃整套的套餐。一般都只吃半碗饭。以男性来说，我不是很能吃的类型。

我完全不喝酒。就算是应酬，一开始我也会先言明"我不喝酒"。如果是稍微小酌，我也知道自己能喝多少。

这并不是因为我在减肥。只是如果吃太多，隔天就会觉得不舒服。所以我通常只吃和平常差不多的量。

一般可能会认为有在运动，为了补充能量应该要多吃一点，不过到我这个年纪就不一样了。如果是十几岁、二十几岁的年轻人，肌肉、骨骼都在生长，所以会需要很多营养，但是五十几岁的身体早就已经停止生长，所以只要"维持现状"即可。

无论当天有没有跑步，摄取的卡路里都不会改变。用餐的量和时间也和平常一样。也就是说，规律的饮食和跑步分别是不同的健康管理方式。

　　饮食和跑步一样，我也会多方尝试，找出最适合
的方式。譬如试试看吃两碗饭、多吃一点肉、晚一点
吃饭，我尝试各种可能性之后，才了解最适合自己的
用餐方式。我认为大家也可以试着找出最适合自己的
做法。

我的健康管理方式

我并没有因为跑步就吃得比平常多。不过，平常我会避免空腹跑步。人的身体和汽车一样。出发之前如果没有累积能量，就会一直变瘦，最后甚至会弄坏身体。

我不是路跑选手，所以不需要严格执行规定，但参加马拉松大赛时，我会从三天前开始摄取高热量食物。如果不先摄取高热量食物，到时候体力不足就会容易疲劳。

　　基本上我会吃自己想吃的食物。我虽然不挑食，不过快餐和"垃圾食品"我都不太喜欢，所以很少吃。我会注意不要摄取过多热量，而且自己掌握营养均衡。譬如吃了肉就要吃青菜，尽量不吃难消化的食物等，其实都是非常基础的常识。

　　与其说是为了跑步而调整饮食习惯，不如说是思考如何让饮食更适合自己的年龄和身体。

　　因为我认为基本上管理健康是自己的责任。

　　感染流行性感冒或生病虽然是无可奈何的事，但是只要身体状况不好，我就会反省"自己没有做好健康管理"。无论有什么理由"因为感冒所以没做好"这件事等于是把自己的过错摊在阳光下，让我觉得丢脸到说不出口。小孩子感冒我能理解，但是成人还感冒，还得休息到下周一，光是这样就大扣分了。

　　健康是人生最大的宝藏。这是上天赐予，但自己必须勤加养护、努力维持的宝藏。我甚至认为公司的薪水与工作的报酬都是为了让人维持健康而存在。

　　无论发生什么事情都活蹦乱跳的人，光是这样就能获得信任。另一方面，聪明绝顶也很能干，但是经常因为身体不适而请假的人，反而不会被交办重要的工作。

让足部

保持柔软

　　我知道这件事对跑步而言非常重要，也因为了解这一点，才能有今天的自己。我指的是足部按摩。这是一家专门量身订制鞋店的工匠教我的方法，只要每天实践，就能大幅改善足部疲劳、跑步姿势以及平常的身体状况。所谓的足部按摩，简单来说，就是让指尖到脚跟的部分保持柔软。方法非常简单。

　　首先，将右脚掌放在腿上，右手大拇指抓住右脚大拇指的指根下方。左手手指分别插入右脚趾的间隙，维持这个姿势顺时针大大地画圆十次，然后再逆时针画圆十次。

接着，右手改成抓住足弓，左手指一样插入脚趾缝隙并画大圈。

右手从后方牢牢抓紧脚跟，以相同方式让脚掌画圈。最后右手抓着脚踝画圈。左右两侧都要按摩。

其实很多人都有足部僵硬的问题，通过按摩让僵硬的足部改变支点，抓住脚趾画圈，足部就会慢慢变得柔软。足部一直支撑着体重，这也可以说是一种保养方式吧！据说最好每天这样按摩三次。

厌倦跑步

　　我以四十五分钟跑七千米、每周跑三次的频率持续跑步一段时间之后，渐渐打造出适合跑步的状态。只要养成习惯，我也会是独当一面的跑者。成为能跑这个距离的跑者之后，我就想要再跑得更快、更远。因此，我又开始尝试各种挑战。譬如尝试"这次不要跑四十五分钟，四十分钟就把它结束"，或者"这次不要跑七千米，改成五十分钟跑十千米好了"。

　　然而，在尝试各种挑战时，原本让我觉得愉快的跑步，渐渐变得不开心。因为增加了负担，所以会觉得很辛苦。不过，四十五分钟跑七千米、每周跑三次的条件对我而言仍然略感不足。

而且，因为我已经知道跑步可以让我心情舒畅，获得脱离现实、头脑恢复活力的快乐与舒畅的疲惫感，所以难免会贪心想获得更多。待我回过神来，在缩短时间、拉长距离的时候，我又开始像以前一样渐渐迷失自己了。这种情况让我不禁心想："自己到底在做什么？"

也就是说，我在不满足与痛苦之间摇摆，无论做什么都无法满意，开始变得焦躁不安，对跑步这件事开始厌倦。在某个时间点，我发现"其实这就是跑腻了的意思啊！"。人类有时候会对每天重复的事情感到厌倦。无论是多棒的咖啡店，持续报到三年也会觉得腻。这种感觉和厌倦是一样的。

换个角度看，厌倦表示已经到达一定的程度。刚开始的时候总是充满新发现和惊喜，但是之后了解到不会再有改变，人就会开始厌倦。这或许也是没办法的事。

做到八成之后

该怎么办?

凡事大概在做到八成之前，努力都会顺利转化成看得见的成果，但是之后就是不同次元的世界了。截至目前都不断成长的事情，一旦做到八成，就会一直维持相同状态，然后自己也会因此感到厌倦。

感到厌倦时，该怎么办呢?

首先，第一种方法是放弃。放弃已经不觉得有趣的跑步，尝试踢足球。这也是一种方法。

另外一种方法是在厌倦的时候重新学习。想要超越已经做到的八成，该怎么办? 也就是说，你必须选择要不要去挑战那剩下的两成。学习有别于以往的新知识，才可能前进到剩下的两成。

换句话说，放弃以及再次针对接下来的阶段认真学习，只能二选一。

譬如已经完全学会加法和减法，对于一直做加减题已经感到厌倦，所以开始学习乘法和除法等完全不同的算法。超越八成的世界，就是这种感觉。

想要更上一层楼，首先必须知道有更高的楼层才行。一般人认为世界只有八成，在这样的状态下，能否知道还有两成就会成为关键。如果没有足够的品位和好奇心，或者碰到好心人指点，根本就不可能知道自己还可以更上一层楼。

超越八成以上的世界，本来就非常美妙。不只是跑步，任何事情都一样。

找到"美感"

我下定决心学习，想在跑步这个领域进入超越八成以上的世界。虽然有很多事情要学，不过超越八成以上的"跑步"世界，并不是指"跑得更快""跑得更远"或者"打造马拉松跑者的体态"。

重点在于"美感"。

如果有人针对截至目前的跑步运动问我："你做的事具有美感吗？"我认为答案是否定的。我只是能够在某种程度的速度和距离之下顺利跑完全程而已。

我曾经想借由观察别人的跑步方式学习正确的姿势，但是从未想过自己要跑到什么程度。实际状况一定和自己想象的不一样，从旁人的眼光看来，我只是拼命乱跑一通而已。

不只跑步，工作上如果只做到八成，都称不上具有"美感"。虽然我已经发现，想要更上一层楼，就必须具有"美感"。但是，要怎么样才能跑得有美感呢？

这和距离或时间没有关系。先找出美感路跑中的一个价值，再一一学习、累积锻炼，重新组成和以前截然不同的训练方式，持续累积下去，我持续跑了五年的马拉松，直到这个时候才终于抵达更上一层的世界。

我认为无论工作还是生活都一样，达到一定的成果之后，就应该开始追求美感。

为了更上一层楼

而发现的事情

如果只是在生活当中培养跑步的习惯，四十五分钟跑七千米、每周三次其实就已经很足够了。但是我还想更上一层楼，想体验更高层次的世界，发现新的自己。

因此，在那之后我把自己的马拉松主题定为"跑出美感"。美感是非常普遍的主题，可以和人生中的一切共通。

我们身边充满各种计划和工作，但是大部分的事物都只做到八成。若以时间为横轴、质量为纵轴描绘图表，质量虽然会随时间经过而提升，但是从某个时间点开始就会停滞。因为一切会在某个时间点形成饱和状态。而且大部分都是在做到八成的时候。

如果想要更上一层楼，就需要有别于以往的主题。如果没有定好方向、主题，就无法再继续提升。对我来说，我已经知道今后的跑步新主题就是"美感"。

我一直提醒自己要吸收更多信息和知识，而且要比其他人更审慎思考。对我来说，"美感"这个着眼点其实就是一种发现。

我认为"美感"其实是所有事物的终极原理，也是原则。如果只是稍微碰到一点皮毛，根本看不见美感。刚开始跑步的时候，压根没想过"美感"这种事。就像对刚开始打工的人而言，做梦也不会想到"自己要带着美感工作"。

我到了这把年纪依然会烦恼、痛苦，无论做什么事，都会定好新主题，通过追求目标不断学习。不只马拉松如此，工作、家事与人际关系我都抱着"希望让自己的状况变得更好"的强烈期许。为了做到这一点，我会自动自发找出新主题并且投入执行。我随时都会注意提醒自己。

美感不是偶然碰到某个契机就能轻松得到的东西。当然也不会掉在某个地方，让人能随手捡到。

那么美感究竟从何而来呢？我认为累积经验之后就会有答案。关键在于日日持续思考、烦恼。持续思考就会在思考途中经历各种事情。最后，人就会变得坦率。

跑出美感

需要什么

　　我彻底思考，该如何才能跑出美感。之前我都是做好暖身操与舒缓运动就开始跑步。因为腰痛我才开始注意体干，持续锻炼腹肌。

　　想要跑出美感，跑姿非常重要，这是永远的课题。因此，与其着重锻炼下半身与心肺功能，锻炼体干更重要。极端地说，体干大多是腹肌，所以我才下定决心锻炼腹肌。

　　没错，最重要的还是体干。锻炼体干也就是在锻炼腹肌，腰伤之后我就彻底感受到锻炼腹肌的重要性。锻炼腹肌的方式有很多种。相关书籍或网络上也有介绍几种锻炼方法。也可以使用健腹轮等工具。这些方法我都积极采用。

除了腹肌之外也要锻炼背肌，并且用心拉筋以维持柔韧度与弹性。也就是说，为了跑出美感，要做的事情实在很多。

而且，想跑出美感，姿势一定要正确。体干如果没有确实支撑，姿势就会变差。

手脚无法漂亮伸展，就无法跑出美感，所以也需要柔韧度。

刚定下"美感"这个主题的时候，我还不知道想要跑出美感，腹肌和柔韧度很重要。然而，在自己的不断学习之下，我终于慢慢了解这些事情的重要性。

对现在的我而言，跑出美感比时间和距离更重要。我认为只要提升体干与柔韧度的质量，今天就会比昨天更有美感。

それからの僕にはマラソンがあった

　　跑姿也可以从脚步声一窥端倪。迎面跑来的人，有些脚步声急促、有些则非常顺畅，还有些人会发出啪嗒啪嗒的声音。

　　不发出声音的跑法最好。另外，想跑出美感，呼吸气息顺畅为佳。这些事情和距离或时间完全没有关系，只要能跑出美感，距离可以之后再慢慢拉长，如果想要跑得更快也一定能做到。

真正的质量

为什么我会这么想要追求"美感"呢?

说句不怕大家误会的话,一个人是否成功,就看他是否追求美感。虽然都是"美感",但美有很多种。我认为关键在于能否选择或创造大家都认为美的东西。因为如果只有自己觉得美,其实不算是真正的美。

这一点和"自己的器量大小"有关,真正的美感表示一个人是否具有体贴他人之心,或者是否明确知道自己为什么做这件事。选择美感会考验一个人各方面的品位与感性。虽然做法有很多种，但无论在任何场合，重点基本上都在于掌握全局。只要能俯瞰整体情形，接下来只要决定要不要挑战即可。

我因为跑步，发现很多事情都有超越八成的境界。或许就算没跑步我也会发现这一点，但是通过跑步，我看得更清楚了。所以我了解"跑步、工作、家事、人际关系，无论任何事都要把眼光放在超越八成的境界，如此一来才能真正提升质量"。

这一点，真的是我亲身体会。

做好准备

现在，我为了了解"美感"，从各种角度收集信息，一边试错一边独力学习。在这个过程中我发现几件事。

其中之一就是要"先做好准备"。

平常就做好准备，就算突然发生什么不测，也能发挥平常的专注力。只要平常就做好一定程度的准备，就算突然发生出乎意料的问题，也一定能想办法解决。无论发生什么事，都能马上提高自己的注意力，当场完整发挥实力。如同老话"有备无患"一样，平日做好准备非常重要。

平常就锻炼好无论任何时候都可以跑步的基础体力，这就是一种准备。为了跑出美感，平常就要锻炼体干、训练柔软度，这也是准备。无论什么事都像这样需要随时做好准备。准备不可能做到完美，而是多多益善。

所谓的准备就是设定一个假说，然后开始活动。想象可能会有这种情况或者发生那种事的时候该怎么办，先针对这些假说思考，这就是准备。

假设去公司会经过东京车站，就要事先想好如果电车停在东京车站不动，还有其他几种方法可以选择。或者，事先想好如果某天被公司裁员，自己手上有哪些牌。因为没有马铃薯无法做咖喱时，还有其他会做的菜。所谓的准备，就是经常为了一件事情思考，随时确保不会出问题。

如果想要做好准备，就必须学得更深更广。在准备的过程中，知识会变得越来越丰富，发生问题的时候就能自然而然地处理。这一点我在其他书中也有提到，只要事前做好准备，被交办任务的时候就可以马上回答。如果只能回答"请让我考虑一天"，那就不会有人把工作交给你。为了做到当场回复，必须随时做好准备。自己先建立各种假说并且事先沙盘推演的重要性超乎你的想象。

通过马拉松，我更能体会"重要的事"，也会每天确认这些重点。我很重视构思的质量，也为了提升质量而跑。通过跑步放松、恢复活力并整理思绪。也就是说，跑步对我而言发挥了日常服用健康食品的功效。

跑出美感的
理想距离与时间

　　平常跑步的时候我会佩戴有GPS（全球定位系统）功能的手表。手表会记录我跑过的时间和距离，不过我刻意不去看以前的纪录，因为缩短时间并非跑步的目标，所以我对以前的纪录一点兴趣也没有。

　　对我而言，跑步的步调比完跑时间更重要，所以为了跑出美感，我会在中途确认时间，确保这是对自己最好的速度。

　　我的理想配速是五分四十五秒跑一千米。这个步调对现在的我而言是最具美感的跑法。对跑了好几年的人来说，这个速度并不快，反而还算是很慢的了。不过，比起快跑，每千米花五分四十五秒，凝神专注慢慢跑意外地更加困难。

把跑步换成工作思考或许就会比较浅显易懂了。一个是速度快但是成果多少有点粗糙；另一个则是以任何人都会感叹的准确度，交出完美的成果。现在的我正朝后者的方向努力，比起速度快，我更想体会慢慢来所衍生出来的许多产物，一边享受其中乐趣一边继续跑下去。

为此，我需要手表。看手表发现"啊，好像有一点太快"的时候，我就会慢下脚步。跑到最后，速度通常都会慢下来，但是我从开始到最后都用相同的步调跑步，所以到最后也不会喘。

什么是崭新的

跑步形态

当然，大部分喜欢跑步的人的目标都和我不同。有人以跑得更快为目标，也有人会在健身房等室内场地，为了消耗卡路里而跑。

我认为无论用什么方式，只要适合自己就好。我发现最近较轻松的跑步形态逐渐成为主流，取代过去那种勉强自己的体育派跑法。

大家不再追逐时间或卡路里等数字，也不再把跑步当作一种与他人竞争的运动，而是采用更轻松、为了自己健康的态度选择慢跑或马拉松。用一种"我去一下咖啡店"的感觉跑步。

现在经常用"第三空间"指称除了"家庭"和"职场"之外，属于自己的地方。我认为跑步也是第三空间之一。因为跑步具有自我放松并且恢复活力的效果。

我的跑步活动就是第三空间，为了维持第三空间的功能，五分四十五秒跑一千米是最刚好的基准。

不要被老旧的
既定观念束缚

　　仔细想想，跑步时孤身一人、能够沉浸在自己的世界，这是多么奢侈的时光。如之前所述，人大部分的时间都会和家人、朋友、职场的同事在一起。就算是自己一个人喝茶也不见得真的是孤身一人，只要是公共场所，难免会在意周遭的目光，就这个层面来看，其实还是会被打扰。

　　独处的时间是可以探索自己的跑步、锻炼方式，通过尝试获得某些成果的时间。对我而言，这些行动是必需品。先把距离和时间放一边，通过跑步可以找到生活方式的全新价值观。跑步并不只是单纯的运动。借由跑步的各种准备，你会发现很多生活中重要的事，本来看不清楚的东西也会变得清晰。我今后的理想，就是发掘崭新的价值观。

我认为必须时时检讨自己的目标是否正确。工作方式也是一样的道理。这是强烈的时代象征。过去日本曾经为了成功推动一件事，大家一起努力几十年，这种做法在当时被认为是一种美感意识或美学。在那个时代，企业几乎都是采用终身雇佣制度并且按雇佣年限计薪，对一件事情投入数十年、坚忍不拔，普遍被认为是理所当然的事。重视平等、大家团结一心完成工作。这种做法看起来很有魅力，但是在现在这个时代反而显得不切实际。

现在无论是哪个领域、哪个职场，最多只能累积五年。一般都会要求三年左右就要做出一点成果。

也就是说，现在已经不是永远坚忍不拔、大家一起行动的时代。如果一直被过去的旧观念束缚，就无法找到新的价值。

不只工作方式，对生活中的各种事物，甚至"跑步"都应该抱持新方向、新观念。反过来说，如果不抱持着符合时代的态度，就会被社会孤立。

这个世界以飞快的速度改变。大家应该多多少少都已经发现，但是"具体上改变了什么？"你能回答得出来吗？如果不知道这个世界发生什么变化，也就无法改变自己。现在是否拥有信息、观念、知识，会使人的收入和生活水平产生落差已经是事实。

要在构造和组织激烈变化的世界中生存，就必须敏锐地察觉已经出现许多新标准这件事。

以马拉松相关的事情为例，不久以前的准则"运动时不要喝水"早已不合时宜。有人会说"跑步就是要挑战肉体的极限""一定要跑全马才行"，不过这些观念也早就不适合现代了。自己以前相信的答案或思考方式一一被推翻。我认为重点在于试图了解个中缘由的态度。

　　每天看报纸、接触各种媒体、阅读书籍以了解自己不懂的事情、倾听专家意见，养成这些习惯之后，就能大量吸收符合时代的知识与思考方式。

　　因为我还想吸收更多新知，让自己每天都有变化，所以我会拼命努力。

それからの僕にはマラソンがあった

借由跑步
恢复活力

跑步的时候可以让头脑恢复活力。就好像很多事情被筛子筛落的感觉。

工作的时候，头脑里会堆积各种信息、感情、课题与知识，久而久之就会被塞满。大脑会因此越来越热，最后陷入无法思考的状态。然而，通过跑步，头脑会恢复活力、冷静下来，只留下真正重要的事情。跑步这段非常简单的时光，可以过滤掉不必要的事情，让人忘却无谓的杂事。

　　如果没有保留空白，大脑就会无法顺利运转，动作会变得迟缓。现在这个时代，工作中非常重要的一点，就是当我们强烈需要专注力时，有没有能够马上集中精神的能力。无论在任何时候发生任何事，都必须随机应变，所以是否拥有高度专注力，远比你想象的更重要。

　　跑步可以调整大脑的状态。

　　就像整理书桌一样，跑步可以整顿大脑，让大脑恢复活力。为了让自己随时保持在最佳状态，必须调整自己。

　　刚开始跑步的时候很辛苦，通常也只会感觉到"好冷""好热"。不过你可以问问自己"今天的身体状况如何？"，然后倾听自己身体的声音。

　　身体习惯跑步之后，你会发现"今天有虫叫""今天空气好清新""啊，梅花开了"，平常不使用的感官就会开始运转。工作时都待在室内，而且很专注，所以其实大家不太会注意天空的颜色、云的模样、风的气味等事物。跑步会提高在工作时无法触及的周遭大自然色彩与变化的敏感度。

跑步无法解决烦恼与疑问，也无法产生新的构思。不过，这样也没关系。跑步的目的只是让自己恢复活力，所以只要感觉到"啊，今天花开得真美!""天空万里无云呢!""小学生还真是天真无邪啊!"，大脑就自然而然会开始整理思绪。因为我在外面跑步，所以才能有这些感受，对我来说，这是一种幸福，也是一种喜悦。跑步的时候，我会尽量放下支配自己大脑和心灵的事情。毕竟除了跑步以外的时间，无论睡觉还是用餐都会一直思考工作和生活的事情。如果不做到这个程度就无法保障工作的质量。因此，只有在跑步的时候，自己才能从这些琐事中解脱。

这一点可以说是让跑步成为我的归宿的重要理由之一。也就是说，这是我逃避现实世界的方法。跑步的时光，在某种意义上是非现实的时间，所以才能让人逃避现实。跑步可以逃避现实约一个小时，再心情舒畅地回到真实世界，难道不觉得这样很好吗?

参加

马拉松大赛

跑步的实力达到一定程度之后，很多人都会想参加马拉松大赛。现在有很多马拉松大赛。譬如五千米、十千米、半程马拉松、全程马拉松等赛事。除此之外，还有一百千米的远距马拉松、铁人三项等比赛。有兴趣的话，可以自由选择参加适合自己的大赛。

现在可以轻松地在网站上查询到哪里有举办什么类型的大赛。只要报名自己想参加的赛事，出发前不用再做其他准备。马拉松大赛和日常规律的跑步截然不同。说起来，参加比赛就像是参加一场祭典。我认为参加祭典应该不需要练习。

当然，如果有事先设定想要进入第几名或完跑时间等目标，那就必须要做相应的练习。

如果要说得更清楚一点，对平常只为调整自己生活而跑的我而言，大赛不那么重要。每年会固定参加台北马拉松、湘南国际马拉松，只是因为我觉得在自己不常跑的城市跑步很有趣而已。在台北的街头跑步或者一边眺望湘南的海景一边跑步，真的让人觉得很舒畅。

我住在东京，但说实话我对东京马拉松一点兴趣也没有。因为我已经很了解东京的景色了。不过，我却没有在台北、湘南甚至函馆、纽约跑步的经验，所以才会心想"这次想要在这个城市跑跑看，不如参加马拉松吧！"。

参加马拉松大赛是拜访一个城镇的契机。如果认为"在这个城市跑步感觉很开心"，就会为了参加马拉松而展开一段旅行。一边欣赏当地的景色一边跑步，这趟旅行就会变得非常特别。

现在只要通过网络就可以报名，无论是日本还是国外的赛事都能轻松参加。虽然现在有各种马拉松比赛，但是我对太过休闲的赛事没有兴趣，也觉得不太适合自己。我比较喜欢可以欣赏当地景观的赛事。

搭飞机约四小时就能抵达台北，有一种小旅行的感觉，可以说走就走。尤其是台北马拉松现在已经办得非常盛大。从山丘往海岸线跑的函馆马拉松感觉也很好。听说福冈马拉松和东京马拉松也不错。无论哪一个赛事，由城市主办的马拉松就是独具魅力。

为了跑马拉松

而设定的基准

参加马拉松大赛，只要锻炼能够持续跑两个小时的体力即可。我的基准之一就是体力随时保持在如果立刻要我跑两个小时，我也能面不改色地去跑。

持续相同运动两个小时其实很枯燥，而且意外地累人。

如果跑完不觉得喘，感觉隔天还能轻松去上班，练到这个程度就更好了。

跑二十千米也能保持和平常一样的状态这对我而

言也是一种基准。我反而不会奢求更上一层楼。因为如果想要再更进一步，就得做更多训练才行。

"能持续跑两个小时"我认为是适合所有人的目标。如果能做到这一点，就可以挑战全程马拉松了。以四十五分钟跑七千米的速度连续跑两个小时，大概就是二十千米，几乎是半程马拉松的距离。

我今后的目标之一是维持随时可以跑二十千米的状态。

现在我以一小时十千米的速度，每周练跑三次。

如果改成每周跑三次二十千米，体力上可能会有点难以负荷。也就是说，这样算是过度运动。

不要

勉强跑步

有时候可能会因为身体不舒服，没办法跑到自己定好的距离。如果身体有什么部位感觉疼痛，就不需要勉强自己跑步。

跑步是为了放松，不是什么需要咬牙苦撑的运动，所以只要配合自己当天的身体状况去跑就好。我也曾经因为身体状况，中断跑步一个月以上。

如果因为今天天气晴朗心情很好，想比平常跑得更远一点也可以。如果刚开始跑就觉得痛，那就走回家。我规定自己要按照当下的身体状况调整，绝对不勉强跑步。

不过，我不太会考虑"明天会很忙，今天就先这样结束好了"这种体力上的问题。如果是二十千米以内，对身体几乎没有任何负面影响，所以不可能因为今天跑步，导致明天太过疲劳。不过，这样的体力还是需要三年的时间培养。

参加十千米的马拉松也一样。但如果是全程马拉松，隔天一定会受影响。

因为跑步不会对自己的日常生活造成影响，所以才能长久持续，我也会以不影响生活为前提练跑。

与年龄增长

共存

如果有人问我"想要让自己的生活更舒适、在工作上达成目标，需要什么呢?"，我会毫不犹豫地回答马拉松。如果不是在生活中加入了马拉松，我大概交不出什么像样的成果。马拉松和我的人生就是如此契合。

我会有这样的感触，应该和年龄也有关系。三十几岁到四十几岁的身心变化与四十几岁到五十几岁的身心变化截然不同。年龄越大与社会之间的联结就越强，另一方面，责任也会变得越重。相较于年轻时，现在别人来商量事情必须下正确判断的机会非常多。没办法像以前那样轻松度日。年龄增长之后，没有一件事变得轻松，反而是被要求的事情比以前更多，所以我必须面对该如何解决这些事情的问题。如果没有时时抱着锻炼自己的态度，就无法克服问题。

　　每个人都这样竭尽全力生活，只要稍微失去平衡，就会生病或气馁。因为随时都走在悬崖边，所以必须随时调整自己，以免身心陷入负面状态。这种情况无论是社会地位高的人还是一般人都会碰到。在步入五十岁的生活中有马拉松为伴，好处多得超乎想象。

永不放弃

进取心

　　无论现在几岁，拥有"自己还有很多成长空间"的进取心非常重要。

　　五十岁之后，所谓的进取心的定义可能就会变成"不要放弃自己的人生"。我都已经五十岁了，这样就可以了。有房有车，也有存款。孩子都已经长大成人，我不去挑战新事物也无所谓。接下来不需要勉强自己，好好拿着年金过生活就行了。如果抱着这种想法，今后还会成长吗？答案很明显。如果不想在原地踏步，想继续成长，就必须要有更多对的挑战，比以前付出更多的努力。

人有各种不同的成长方式。有人会维持健康、抱着心灵与知识面的进取之心，借此让自己继续成长，或者让自己产生更多改变。这样健全的成长其实非常辛苦，而且也需要勇气。一天只有二十四个小时，自己也只有一个身体，若不舍弃以前做过的事情，就无法开始新事物。然而，只要有"想要更加成长"的强烈企图心，无论任何时候都可以准备开始新事物。

年纪越大，辛苦的事情就越多，但是持续挑战新事物仍然非常重要。以我为例，我其实也很好奇，自己会有什么样的变化呢？

当然，挑战会伴随着风险。把自己的时间用在某件事情上，其实是一种投资。有些事情做了只是在浪费时间，但有些事只要花时间做就可以获得某种成果。

而且五十岁之后，就要更认真审视自己运用时间的方式。我在有限的时间中，拨了些许时间给马拉松。

それからの僕にはマラソンがあった

跑步为我的人生带来莫大好处。因为跑步让我充满"以长远的眼光来看事情，自己一定会产生某种变化"的希望。全力冲刺一整天，结束工作之后总是累得筋疲力尽，但是每天都觉得快乐又舒畅。

健康

就是财富

　　我想要不断挑战新的事物。为此，我需要强健的体魄。然而，强健的体魄花钱是买不到的。只能自己花时间累积锻炼。有句话说得很好："无论你多有钱，都买不起腹肌。"无论是谁都必须付出相同的努力，除此之外别无他法。

　　我并不是擅长交际的人，因此从这个层面来看，我能认识马拉松真的是很幸运的一件事。

　　不管你愿不愿意工作都会冒出来，自己的时间就会被忙碌的工作填满。要挤出时间跑步其实非常困难，但即便如此，我仍然没有放弃跑步，因为跑步已经成为我生活中最重要的一部分。

正因为如此，我才会重视在放松的状态下快乐地坚持跑步这件事。我认为在生活中加入跑步，每个人一定都会各有收获。往后要如何生活、如何加深人与人之间的关系、如何面对工作，跑步成为找到这些答案的契机。一直跑，直到像我一样过了五十岁，就会得到某些提示或帮助。

体力会随年龄增长而下滑。尤其是四十五岁以后，体力下降的幅度令人吃惊。如果完全不运动，腰腿肌肉就会变弱，身体也会到处疼痛。自己的潜能也会大幅降低，就算"想继续成长""想变得更好""想挑战更多新事物"，身体也很遗憾地跟不上你的思想。为了不要沦落到这种地步，就必须锻炼基础体力。只要努力锻炼强健的体魄，无论几岁都能持续挑战新事物。

通常具有坚定决心的人都会跑步。另一方面，认为"反正我做什么都会失败"，怕麻烦的人，都不爱跑步。这种人应该老是在抱怨公司，自己却什么都不做吧！如果你叫他辞职，他只会回答："我还是得生活啊，辞不了。"这种人通常肚子又大又垂。

发现"再这样下去不行"才开始跑步的人不只有我而已。有很多人都这样。无论是人生还是工作，都是年过五十才正式开始。我觉得以前都是人生的准备期，接下来才真正轮到自己登场。找出自己需要的东西，明确区分应该做的和不必要做的事情。为此，必须确实管控自己的生活与时间。

五十岁之前，我都专心做好别人交给我的任务，而进入五十岁，我把热情都投注在自己真正想做的事情上。为了实现自己的想法需要体力，也需要休养精神。在这个层面上，跑步对我有很大的帮助。

美感蕴含在

所有事物之中

如果想求快，欲望就会永无止境。我不会在速度
上设定目标，只是希望自己能跑出美感。

追求具有美感的跑法，其实有很多范本。

譬如观看马拉松的现场转播，领先集团（Leading
Group）中的选手们，跑姿都是经过淬炼的，很有美感，
对我来说，这些都是很好的范本。毕竟，跑姿不美就没
办法跑长距离。精英选手一定知道跑步的奥义就在于美
感。我想他们一定会彻底研究跑姿，练习让自己无论何

时都能跑出美感。

　　当然，每位选手的美感各有不同，跑姿也各异其趣。有些选手步伐窄，上半身不晃动；有些选手则是手脚大幅摆动，以充满活力的姿势跑步。每位选手都各有特色，跑姿都很美。看着这些范本，我真心认为，好美啊！希望自己也能往这个境界前进，并且由衷感动。

　　一定是因为有美感才会让人感动。接下来我也想继续了解这份美感究竟从何而来。不只是跑步，生存所需的每一件事都和跑步一样充满美感。或许我最后也只是在自己的工作中追求些许美感而已。

SOREKARA NO BOKU NI WA MARASON GA ATTA
BY MATSUURA YATARO
Copyright © MATSUURA YATARO 2017
Original Japanese edition published by Chikumashobo Ltd.
All rights reserved.
Chinese (in Simplified character only) translation copyright © 2020 by China South Booky
Culture Media Co., Ltd.
Chinese (in Simplified character only) translation rights arranged with
Chikumashobo Ltd. through Bardon–Chinese Media Agency, Taipei.

著作权合同登记号：图字 18-2019-323

图书在版编目（CIP）数据

只要我能跑，没什么不能解决 /（日）松浦弥太郎著；
涂纹凰译 . —长沙：湖南文艺出版社，2020.4
ISBN 978-7-5404-8380-7

Ⅰ . ①只… Ⅱ . ①松… ②涂… Ⅲ . ①散文集—日本
—现代 Ⅳ . ① I313.65

中国版本图书馆 CIP 数据核字（2020）第 033387 号

上架建议：散文·生活励志

ZHIYAO WO NENG PAO，MEI SHENME BUNENG JIEJUE
只要我能跑，没什么不能解决

作　　者：[日] 松浦弥太郎
译　　者：涂纹凰
出 版 人：曾赛丰
责任编辑：丁丽丹
监　　制：毛闽峰　李　娜
特约策划：李　颖　陈　鹏
特约编辑：李　睿
版权支持：金　哲
特约营销：刘　珣
封面设计：尚燕平
版式设计：李　洁
书籍插图：由　宾
出　　版：湖南文艺出版社
　　　　　（长沙市雨花区东二环一段 508 号　邮编：410014）
网　　址：www.hnwy.net
印　　刷：北京中科印刷有限公司
经　　销：新华书店
开　　本：787mm×1092mm　1/32
字　　数：81 千字
印　　张：6.5
版　　次：2020 年 4 月第 1 版
印　　次：2020 年 4 月第 1 次印刷
书　　号：ISBN 978-7-5404-8380-7
定　　价：48.00 元

若有质量问题，请致电质量监督电话：010-59096394
团购电话：010-59320018